新編

特攻体験と戦後

島尾敏雄
吉田　満

中央公論新社

目次

Ⅰ

新編　特攻体験と戦後

I

島尾敏雄

大正六（一九一七）年、横浜に生まれ神戸に移住。九州大学法文学部に入学、昭和十八年九月に繰り上げ卒業し海軍兵科第三期予備学生となる。十九年第十八震洋隊指揮官として奄美諸島加計呂麻島へ行き、後の妻となるミホと出会う。二十年八月十三日特攻命令が下ったが、待機中に終戦。戦争体験をもとに『出発は遂に訪れず』『魚雷艇学生』などを執筆。心を病んだ妻との日々を綴った『死の棘』などの私小説でも高い評価を得た。昭和六十一（一九八六）年没。

吉田　満

大正十二（一九二三）年、東京生まれ。昭和十七（一九四二）年東京大学法学部に入学、学徒出陣により十九年二月に海軍兵科第四期予備学生、七月に繰り上げ卒業、十二月海軍少尉に任官、戦艦大和に副電測（レーダー）士として乗り組みを命じられる。二十年四月に沖縄特攻作戦に参加し生還。七月、高知県須崎の人間魚雷基地に勤務。九月、復員。戦争体験をもとに『戦艦大和ノ最期』を執筆。復員後は日本銀行に入行し、青森支店長、仙台支店長、国庫局長、監事などを務めた。昭和五十四（一九七九）年没。

※本対談は「文藝春秋」一九七七（昭和五十二）年八月号の企画で行われたものを編集した。対談中の注記〔　〕は新編で追加した。

特攻体験と戦後

予備学生志願の動機

――最近になって、日米両国から相ついで外交機密文書が公開されています。つまり、あの戦争そのものが歴史としてとらえられはじめているということなのですが、戦後三十二年たって、ああいう戦争体験がほとんど記録になり、あるいはその歴史の中で風化してしまっている。果たしてそれでいいのかということなのです。特にお二人は、学徒兵として特攻という異常な体験をされました。つまり、あの時の特攻体験というのはいったい何であったのか。三十二年という距離を置いて、改めて、それを話し合っていただきたいと思うのですが……。

それで、吉田さん、大和《やまと》特攻でああいうふうな作品（『戦艦大和ノ最期』）を残され、島尾さんの場合は出発に特攻隊体験の幾つかの作品があると思いますけれども、その作品を通していろいろ、戦後世代の人たちにもお話を戴《いただ》きたいと思いますが……。
まず、海軍に志願された動機のあたりからお話をはじめてほしいと思います。

吉田　島尾さんは、三期の予備学生*でしたね。三期は志願ですね。

（*正確には海軍兵科予備学生。昭和十六年十月に創設。大学および高専卒業者で海軍兵科予備員を志願するものから選抜採用。身分は少尉候補生に準ずる。基礎教育〔四ヵ月〜六ヵ月〕、術科教育〔五ヵ月〕の教程を終了後、少尉に任官した。一期から五期まであった。）

島尾　ええ。三期は志願です。

吉田　従って、海軍を初めから選ばれたわけですね。

島尾　そうです。四期は最初は水兵で入りましたね。

吉田　わたしども四期の場合は志願ではなく、初めから徴兵なんです。それまでの一期から三期までの先輩と違って、最初水兵で入ったのは、この徴兵ということと関係があると、われわれ受け取っていましたね。徴兵検査*のあとで、わたしは第一乙種合格だったんですけど、その場で徴兵官に海軍を志願します、と希望を申し出て、その後全体の人数の割り振りなんかもあったようですが、志願が通ったということです。

志願と徴兵とで、入った形は違うんですけど、実際は、海軍に行けるかどうかの基準としては、あまり違わなかったようですね。

〔＊満二十歳に達した男子徴兵適齢者（壮丁）を対象とした身体検査。身長・健康状態などで、甲・乙（現役合格）・丙（国民兵役として合格）・丁（不合格）・戊（翌年再検査）の五種に分類された。〕

島尾　どうだったんでしょうかねえ。ぼくらの時ももちろん徴兵検査ですか、あれを受けて、そしてぼくは第三乙というふうに記憶しているんですけども、そういうのはありました？　第二乙までですかねえ……。

吉田　第三乙というのは、あったんでしょうが、島尾さんは第二乙ぐらいじゃないですか。そんなに体重とか、身長とかが小さいわけじゃないし……。

島尾　いや、もともとからだは丈夫じゃないんです。その時肺浸潤《はいしんじゅん》なんかやってましてね。

吉田　そうですか。

島尾　記憶としては第三乙というふうに覚えているんですよ。第二補充兵役だったですかねえ。（後日その年の日記を出してみて第三乙種合格だったことを確かめた。その時一緒に受検した七十八名の壮丁のうち、甲種合格十四名、第一乙二十五名、第二乙二十六名、第三乙九名、丙三名、丁一名だった。)

吉田　健康がじゅうぶんでない人の扱いも、海軍の方が寛大でしたね。

島尾　それでいずれ陸軍から召集令状がくる状況であったわけですが、その前に海軍に志願しちゃったんですね。ちょうど飛行科の予備学生募集のポスターなんかが貼ってあって、仲間にそれを熱心に勧めてくれたのがいました。で、行ってみようというわけだったんです。

さすが飛行科の方はだめでした、からだがよくなくて。昭和十八年の秋口でしたね。一般兵科は、それじゃ弱いのでも採ったかというと、そうでもないんでしょうが、そっちは通ったんです。そして、呉《くれ》海兵団に参集しました。三期は三カ所か四カ所で基礎教育を受けたんですが(主として旅順《りょじゅん》海軍予備学生教育部、武山《たけやま》海兵団予備学生教育部および館山《たてやま》砲術学校予備学生隊の三地区)、ぼくは旅順だったんです。で、すぐ船に乗せられて連れていかれたんです。呉の海兵団に集まったときに学生服は脱がされて、いきなり士官服を着せられました。

吉田　そこがわれわれ四期とは違うところですが、旅順の教育課程というのは、わりに短かったんですか。

島尾　十月からでしょ。十、十一、十二……。

吉田　二月までですか。

島尾　そうですね。それでその時点で、あの、術科学校*といっていましたねえ。

〔*兵科予備学生に専門的な技術を教育した。砲術、水雷、通信、航海、工作、機雷、工機、潜水等の各分野があった。二二頁参照。〕

吉田　ええ。術科学校。専門の教科を教える……。

島尾　その術科学校を決めるために志望を出させましたね。その結果、志望通りいったものもいるし、そうじゃないのもいたわけなんですが。それぞれの術科学校に適宜振り当てられ、昭和十九年の二月、ぼくは横須賀の水雷学校に行ったんです。

吉田　それから、どういう経路で震洋《しんよう》*の隊長に……。

（*震洋艇。水上特攻兵器の一つ。ベニヤ板製の滑走艇。艇首に二五〇キロの炸薬《さくやく》を搭載。乗員は一名。長さ約五メートル。排水量一・四トン。速力二三ノット。終戦までに六二〇〇隻が完成したが、実戦における戦果は比較的少ない。）

島尾　その水雷学校で第一期魚雷艇学生という名称を付けられて、魚雷艇の訓練を受け、その途中で任官しました。

吉田　やはり、初めは魚雷艇要員だったわけですね。

島尾　そうです。ところが魚雷艇がうまく造れないんですね。最初三百人ぐらいおりましたが、途中成績が悪くてやめさせられるものが出たりいろんなことがあって、結局任官したのが二百人とちょっとでした（最終的に二百十三名）。魚雷艇にはそれだけの士官が要らなくなったんでしょうね。それで、回天、*震洋、それからもう一つありましたよ、甲標的*ですか、そのそれぞれにかなりの人数が回されました。もちろん本来の魚雷艇に行ったものもいますし、教官で残ったものもいますけど……。

（＊回天は、人間魚雷。九三式魚雷をほとんどそのまま利用。頭部に炸薬一・五トン以上をつけ、破壊力は一般の魚雷よりはるかに大きかった。長さ約一五メートル。直径一メートル。一人乗り。射程は三〇ノットで二三キロ。二十回におよぶ出撃の実績がある。

甲標的は、小型の特殊潜航艇。甲型〔二人乗り〕、乙・丙型〔三人乗り〕、丁型〔五人乗り〕の種類がある。魚雷二本を搭載。長さ二三―二六メートル。排水量四六―五〇トン。水中速力一六―一九ノット。真珠湾およびシドニー港、マダガスカル島などの攻撃に参加した。）

吉田　戦死者はだいぶ出ていますか、魚雷艇学生は。

島尾　ちょうど四分の一ぐらいですかね。まあ少ない方じゃないです、ほかの術科学校に行ったものの戦死者数を見てもですね……。

吉田　飛行機はずいぶん死んでいますね。特に島尾さんと同期の十三期は。

島尾　ぼくたち魚雷艇学生は途中で訓練場所が変わったんです。横須賀の水雷学校から長崎県大村湾の川棚《かわたな》に行ったんです。そこに臨時魚雷艇訓練所というのができていて、そこでの訓練中に少尉に任官しました。十九年の五月の末でしたか。とにかく川棚には、二、三ヵ月いたはずですね。だから少尉になってからも、まだ学生で訓練を受けていたんですね。そして、一通り訓練がすんで、今度はそれぞれの部隊に配属になったんです。

吉田　任地は最初から奄美《あまみ》のあの島ですか。「出発は遂に訪れず」の加計呂麻《かけろま》島。

島尾　いえ、いえ。その時ぼくは震洋の方に回されたわけですが、震洋の最初の訓練はまた横須賀だったんです。その頃、第一震洋隊、第二震洋隊などが、だいたい編制されていたように記憶します。そこでまあ、その訓練中の艇隊員をもらって、艇隊長配置となりました。その時の十二人が最初の部下です。一ヵ月ばかりでしたが、訓練するような、遊んでいるような、ちょっと中途半端な時期ではありました。そのうちに川棚の方の、つまり臨時魚雷艇訓練所でもまた震洋の訓練をする準備ができたんでしょうね、急遽《きゅうきょ》そっちへ回されたんです。その川棚で、しっかりと部隊を組んで訓練をして、訓練の終わったところで出撃というか、基地に出て行くという段取りになったんですね。で、佐世保から船出して、奄美に行ったんです。

吉田　それは十九年の十月ぐらいですか。

島尾　ええ。十九年の十一月でした。その頃すでに制空権を失っていたんでしょうね。状況が悪くて、鹿児島で十日間ほど待機しましたから、十一月の終わり頃でしたね、向こうに着いたのは。

吉田　何に乗って行かれたんですか。

島尾　貨物船です。辰和丸とかいう……。震洋が二個部隊、そのほか奄美に行く海軍の砲台要員の連中がいました。一個部隊の震洋艇は約五〇隻ですから、一〇〇隻ばかり積みましたね。佐世保からずっと九州沖を南下して、状況があやしくなったものですから鹿児島に避難しました。そこから、奄美に直行です。

——ちょうどレイテ海戦〔フィリピン周辺において行われた日米海戦。日本軍が大敗し連合艦隊は事実上壊滅〕が十月二十何日でしたよ。
吉田　二十三日から二十六日にかけてですね。
島尾　ああ、そうですか、その前後ですかね。

三期と四期

――そうすると、予備学生は島尾さんの方が一期先輩なわけですね。
島尾　一期先輩ですね。（笑）
吉田　その頃の一期上というのは、大変な差ですから。（笑）
島尾　三期の予備学生というのは活気がありましたね。教官からだいぶしぼられたものですよ。数が二期よりぐんと増えたわけでしょう。だからいろんな人が入ってきたんですね。とにかく生活力旺盛な……。（笑）
そして、どうでしょうか、三期の予備学生というのは、やっぱり一番、その、まともにぶつかったんじゃないですか、戦闘場面と。
吉田　戦局の動きからいいましても、おそらくそうだと思いますね。

島尾　なにか、そんな感じですね。
吉田　人数も多いし、大勢力で。
島尾　ええ。人数が多いし。それから、特攻要員が多かったような気がしますね。
吉田　われわれの時は、だいぶもう戦線縮小という感じがありました。ちょっとした時間のズレですけどね。海軍に入った時期でいえば、わずか二カ月の違いですから。もっとも、あの時代は、ちょっとした時間の差で、運命が変わってしまうことが珍しくなかった。勝ち戦さばかりだったのが、負け戦さ専門になるのは、ほんとうにアッという間でしたよね。
二カ月のズレの結果として、われわれ四期は、志願ではなく例の学徒出陣*で徴兵ですから、ただ海軍に行くか、陸軍に行くかの選択だけでした。
〔*昭和十八年、戦局の悪化に伴い学生・生徒に許されていた徴兵猶予の特権が廃止されたこと。同年十二月に第一回学徒兵が入営した。〕
島尾　それはあれですか、自分でお決めになったわけ、海軍に行くということは。
吉田　当時の学生の雰囲気からいって、どうせ行くならやっぱり海軍の方が陸軍よりまだいいだろう、という気分が強かったですからね、それだけのことで……。

それからあと、わたしどもは二等水兵を五十日やって、半年の基礎教程をやった。二等水兵の課程を終わるときに、厳重な検査があって、体力の最もすぐれたものは、優先的に飛行科に回された。わたしもずっと検査を通ったんですが、最後の「眼筋平衡」というテストで落とされました。次にからだのいいのが一般兵科に行って、目が悪いとか痩せているとかで最後に残ったのが、主計に行ったというわけです。

基礎教程の次の術科教程は、一応行先の希望を書かせた。形式的に書かせたのかもしれませんが……。わたしの行った電測〔二二頁参照〕なんかは、もっぱら適性検査とか、テストとか、そういうことをやって決めたんじゃないかと思うんですけれども。そこで約半年間術科教育を受けまして、十九年の十二月二十五日に少尉になって、すぐ呉に行って、戦艦大和に乗った……。

島尾　基礎訓練はどこでなさったんですか。

吉田　武山海兵団……。

島尾　あ、武山ね。

吉田　三浦半島の逗子《ずし》の先ですね。電測学校というのも、藤沢の近くにありましてね。ですから、だいたい関東のあの辺りで訓練を受けたことになります。もっとも、電測学校は畑の真ん中にあって、海軍らしい訓練なんか、もともと無理でした。われわれ、「陸軍電測学校」って呼んでいたんですよ。

島尾　ええ。

吉田　呉で大和に乗りまして、それから約百日ぐらいして沖縄に出撃したわけです。それだけしか、わたしは艦上勤務をしたことがないんです。

——島尾さんの場合は予備学生を志願されたのはどういう……。

島尾　ええ。それはねえ……。

——当時二十六歳で。（笑）

島尾　あんまりその、どういうんですか、立派なあれじゃないんですよ。勇ましさもなくて……。軍隊生活が怖かったんですね、だいたい。それから学生のときにですね、陸軍のあの内務班*に一週間ぐらい入ったことがあるんです。それでもう、大変なとこだと思ったですね。まあ、学生のままで、新兵並みの陸軍の内務班の体験をさせられたんです。

〔＊兵営内における日常生活の単位。中隊を数個の班に分け、二十―四十人の兵を下士官が班長として統率した。〕

吉田　その内務班へ適宜放り込んでいくわけですか。そんなことありましたかね。われわれの仲間には、あんまり記憶がありませんが……。

島尾　一つの内務班に学生を二、三人ずつ放り込んだんです（笑）。そこでなんともいえない状況を体験してね、こりゃ、もうだめだと思ったですね。それで海軍を受けたというわけじゃないけれども、なんかそういう軍隊の機構の中で、命令したり命令されたりということと、それから、何人かと一緒に共同生活するというのが、もともとそういうのが嫌いだったものですから、なんか耐えられないという感じがしていたんですね。その時に海軍の飛行科予備学生の募集があった。飛行機というと、すぐ戦闘機を想像したんですね。戦闘機なら、一人か二人ぐらいでしょうから（笑）、それだと楽じゃないかなと思ったんですね、へんなあれだけれども……。

しかし、いくら飛行機には一人、二人で乗るといったって、実際は軍隊生活ですからね。士官になればやっぱり何人かの部下を預かるでしょうしね。そういうことを全く考えないで受けにいったんです。ところが、飛行科には入れないで、一般兵科の方に回された。そして、面白いことに、術科学校をどこにするかというときに、実は通信学校を望んだんです。三つありましたね、専門分野に……。

吉田　特暗*というのがありますね。

島尾　特殊暗号ですか、それに電測*ともう一つ一般の通信班。三つ志望を書けというので、二つをその通信にしたんです。通信学校にね（笑）。それで、ちょっと、なんとなく気が咎《とが》めたので三番目に、その時に危険配置だっていわれていた魚雷艇というの。それを小さく書いたんですけどね。蓋をあけてみたら、できたばかりのその魚雷艇に回されていたんですねえ。

（＊兵科予備学生の術科教育における専門教程部門。特暗は暗号関係、電測は電波探知機〔レーダー〕を専攻。一三頁参照。）

吉田　そうですか。でもちゃんと一応希望を書いてあるところから選んだというのは、海軍の人事当局も、当時はまだ、若干は良心的だったですね。

島尾　そういえばそうですね。とにかく希望を書いて出させましたからね。

海軍志望の理由

――でも、昭和十八年の十月の、時代の雰囲気というのはどうなんですか。やはり皆さんが海軍を志望するような時代なんですか、学生たちは……。

島尾　そうですね。勇ましい人たちもたくさんいましたしね。一言でいえば、やっぱり国のために戦うという、全体の雰囲気がそうですから。ですから、志願をする気持にもなったんです。まあたいていは陸軍の召集がくるわけです。甲種合格ですぐ入隊するものでなくてもですね、もうあの時期には、召集がくることは分かっていましたね、片輪かなんかでなければ。そうなった場合、からだが弱いと、陸軍の内務班、あいうところで鍛えられるとだめだな、ということは感じました。

――相当すさまじい体験をされたわけですか。

島尾　よく小説なんかに書いてありますね。なんともいえないところですよ、あれはね。

吉田　生殺与奪の権を握られてる。

島尾　便所に行くのでもなんでも、内務班を出るときはいちいちなんの誰がしと大声で名乗ってからでないと出してくれないんです。新兵そのままをさせられたわけですから。学生なりの気位などはたらくとかえってみじめでした。「なになに学生、便所へ行ってきますッ」というふうにどなるわけです。残飯を手づかみで盗み食いする学生もいました。内務班にはね、あれ、上等兵ぐらいですかね、なんだか神様みたいなのがいるんですね。たとえば軍曹が班長だとするでしょう。それが絶対権力を握っているんだけれども、ガダルカナル〔日米双方とも当時として最大級の陸海戦力を投入した激戦地〕から帰ってきたというふうな、上等兵ぐらいの人で、特殊なのがいるんですよ。もう訓練にも作業にも出ないんですね、マラリヤにかかっているとかいって、内務班でごろごろしているんです。しかし、ものすごく押えがきくんですね。班長の軍曹でさえ腫れ物にさわるようにしていてね、するとその上等兵はやさしい声でちょこッと皮肉を言ったりするのがとても怖いんですね（笑）。そういうのがいたりね。それから、陸軍でなんていうのか、海軍でいう巡検があるわけです。その時もおっかないですね。寝る前でもひと嵐来ないと眠らせてくれませんね。（笑）

―― 海軍ではそういうものはあれですか、ある程度はあったけれど、軽かったということですか。

島尾　ぼくたちの場合はいきなりあれでしょ……。

吉田　准士官*待遇ですね。

（＊予備学生は少尉および少尉候補生より下、兵曹長より上の待遇とされた。）

島尾　一応、兵曹長の上になるんですね。だからこう、なんていうのかな、教官じゃなくて、教員と呼んでいた上級下士官がいましたね。

吉田　うやうやしく教えるわけですね。

島尾　そう、うやうやしく教えるんです（笑）。最初、敬語は省略させていただきます、ということわりを言ってから訓練が始まるわけですからね。

その、一番戸惑ったことはね、呉に行って、士官服を着せられたあとすぐ食事時になったんです。ところが、人手がないから、皆さんに取りに行ってもらいますというわけで、今着たばかりでダブダブの恰好つかない感じの、とにかく士官の服を着て、二人ずつ組んで、飯罐〔金属製の配食器〕ですかね、あれを持って教えられた所に取りに行ったんです。途中、練兵場を通って行きますから、そうすると、そこで訓練していたのが、ぼくたちを見て、歩調取れッなんて始まってね、そして、頭《かしら》ア右とかなんとか集団敬礼をするわけですよ（笑）。こっちは飯罐を下げて、海軍の敬礼の仕方もなにもまだ分からないでしょ。まあ、そりゃ学生のときから、教練を受けてはいますけどね。だからもうこんなこととして……（笑）。そんな調子でした。

そんなふうですぐ旅順に連れていかれました。だから軍隊の、なんていいますかねえ、普通の兵営の中での、上があって下があって、というふうな中でのいびられ方はなかったですね。しかし、かなり鍛えられました。兵学校出や、それから予備学生の二期の連中が教官になって来ていましたから。

吉田　やっぱり、だいぶ殴られたですか。

島尾　殴られました。

——吉田さんの二等水兵の体験というのは相当ひどいものですか。

吉田　徴兵で入ってきたわれわれを、どう教育するか、海軍もずいぶん考えたんでしょうけれども、いきなり准士官にはしないで、結局二等水兵からスタートさせた。実は、予備学生に着せる士官服の数が間に合わなかったからだ、という笑い話もありますが、本来の海軍の思想は、いまお話があったように、やっぱり士官というのは、厳然たる存在で、兵隊とは世界が違う。ダブダブの服を着ていようと、馴れん恰好で飯罐下げていようと、士官は士官なんだ。兵隊の苦労を経験しなきゃ立派な士官になれない、なんていう考え方ではないはずなんですね。だけど、志願じゃなくて徴兵で入ったということもありまして、制度的に、五十日の二等水兵生活を経験させられたということでしょう。悪名高い内務班のようなものは、ありませんでしたけれど。

ですから、「飯上げ」も、ぼくら初めから水兵服着てやってるわけですよ。恰好がつくもつかないもない。

そうしますと、どんなことが起こるか。あとで任官してから、出張先でメシの時間になって、メシが終わったら、立ち上がって自分でお茶をついだのがいるんですよ。そしたら三期の先輩にえらく怒られましてね、そんな海軍士官があるかッ。お茶は従兵がつぐもんだ。こっちはそういう動作がすっかり身についていたんですがね。海軍は予備学生の教育を試験台にして、いろいろ研究のようなことをやったフシがありますが、二等水兵をやらせたことは、総合的にどんなプラスとマイナスを生んだんでしょうかね。

ひがむわけじゃありませんが、それぞれのクラスにはそのクラスの、宿命みたいな、めぐり合わせがあるんですね。われわれ四期は、戦後三十年たった今でも、なんか前のクラスのカゲにいるような感じがある。なにしろ、二等水兵の前科のあるクラスですから……。

それはともかくとして、こちらとしては、海軍はもうちょっと話が分かると思っていたら、いきなり水兵服を着せられましたから、正直ガッカリしました。二等水兵の最初の上陸のとき、横須賀の記念艦三笠〔日露戦争における連合艦隊の旗艦〕の前で家族との面会があったんです。二十年の初めに。親きょうだいには、水兵服見られたくないんですね（笑）。しかし、食い物はほしいし、そんなわけで、まあ、屈辱の五十日という感じですね。

島尾　ああ、五十日間でしたか。

吉田　ええ。そのあいだは、教班長、つまり歴戦の下士官ですが、三期のクラスとは違って、当然ながら遠慮会釈なく訓練をやりました。それでも、だんだん五十日の期限が近づいてくると、こっちはすぐに予備学生になりますからね、下士官も手加減をして……。（笑）

島尾　あとでひどい目に遭う。（笑）

旅順から術科学校に入るため本土の方に帰ってくるときですね、あとが来ていたんですよ、四期の。しかし、彼らはまだ水兵服で来ていましたね。

吉田　そうでしょうね。

島尾　ちょうど入れ違いで……。

吉田　二月の末に水兵服を脱いだんです。

島尾　その脱ぐ直前だったんでしょう。旅順に来た四期の連中は、水兵服を着ていました。そして、練兵場に立って待っていました。それを横目に見てぼくたちが出て行くというなんともいえない場面がありましたね。なんか寒々としていました。

吉田　たしかに寒々としていたでしょうけれど、水兵服をひと皮むけば、学生の誇りみたいなものが、やっぱりあったんですね。……予備学生は手荒く扱うなという命令があって、下士官たちは、あんまり殴れないもんですからね、その代り意地の悪い制裁をやりました。たとえば、風呂に行くときは、脱衣所が混雑しないように、裸の上にジョンベラの水兵服一枚だけ着て行くんですが、表で、真冬の寒風の中に、一時間も立って待たせたりしました。そういうときに、われわれは学徒兵だ、学徒兵の誇りを持って、この不当な制裁を頑張りぬこう、とかいうふうに声をかけあいましてね、しかし、恰好はとにかく不恰好なんだ。(笑)

それから、こんなこともありました。手旗信号の訓練だといって、メシの前に、下士官の班長が机に坐って手旗をやってみせる。しかも下士官得意の、指先だけでチョコチョコやる、おそろしくむつかしいヤツです。早く分かったものから、メシを食っていいという。メシはあらかじめ班長の命令で、山盛りのから食器の底にスレスレのまで、盛り分けてあるんです。

　そうしたら初めに正解を出した班員が、食卓を回って、平然とメシを公平に分け直しちゃった。ほかの班の連中も注目しているし、さすがの班長も一言もなかったですね。

――島尾さんの年譜を拝見しますと、当時も著作をやっていらっしゃったのですか。予備学生でありながら……。

島尾　いえ。それはやってませんよ。あとで部隊を組んで奄美に行ってから、何もすることがなくなった時期がちょっとあるのでね、空襲のために訓練もできない……。そういうときに童話〔「はまべのうた」〕を一つ書いたぐらいです。あとはしていません。

吉田　奄美の生活について書かれたものを拝見すると、仮の造りにしても隊長室のようなものがあって、だいたいそこで生活をしておられたようですね。

特攻訓練と奄美

島尾　そうです。非常に静かな入江でした。ぼくの震洋隊は四個艇隊ありましたが、一個艇隊一二隻です。そして艇隊長には兵曹長と、それからあとで四期が一人来ましたね。

吉田　四期もおりましたか。そうですか。

島尾　それから、特務少尉。その連中が艇隊長配置で、ぼくも入れて四人の四個艇隊です。それを入江の両岸のそれぞれ適当な所に分散させて、兵舎をこしらえたんです。そして、全体が掌握できるような、傾斜のデルタの要《かなめ》の小高い所に合掌造りのちょっと弥生時代の住居みたいなのを建てて、士官室というわけです。その中に隊長室だけ一つ個室を造って、ぼくはそこに入っていた。

吉田　なんとも牧歌的で、いいですね。奄美らしくて。震洋艇はその辺に、まとめてつないであったんですか。

島尾　いえ。いえ。とても危いですからね、入江の両岸に隧道《ずいどう》を造ってですね。つまり、四八隻のほか予備艇があったので、五〇隻だったか、五一隻だったか、ありましたから、それを入れるために十二の洞窟を掘りました。一つの洞窟の長さは三〇メートル以上でした。

吉田　レールかなんか敷いてあったんですか。

島尾　レールじゃなくて小石などで土地を固めてただけです。一トンばかりの重さの震洋艇はリヤカーに乗せましたから。それを海におろしたり引っ張り上げたりするときにタイヤがめり込まないようにですね。その搬出入のためには、基地隊という、これは召集で来た老兵ですがね、老兵といったって、今から考えると三十代の連中が多かったんですが、そういう要員もいたんです。あらかじめ基地ができているということだったんですけども、行ってみたら何もできていなかったんです。設営隊が奄美にも来ていましたから、その連中が入り口だけちょっと掘って、こういうふうなやり方をするんだという手ほどきをしてくれましたね。すぐ引き上げちゃったですから、あとは実際に掘ったのはほとんど自分の隊ですよ、昼夜交替の突貫工事をしました。それから奄美の中学校の、徴用の中学生に手伝いにきてもらいました。

吉田　そうでしょうね。内地でもあの頃は、徴用の手伝いがないと、仕事がはかどらなかった。それでそれができちゃって、今度は空襲がひどくなって訓練できないと、もう待機、待機というか……。

島尾　そうです。一応震洋艇を隠す所ができてから、まだしばらくは余裕がありました。というのは敵の飛行機が来ませんでしたから。それで訓練を実施したわけです。

大島海峡が訓練海面でしたね、そこで昼間でも各種陣形運動や突撃などの訓練をかなりやりました。そのうち昼間はとてもできなくなって、夜ばかりになりましたね。やがて夜もできなくなってからは、芋など作って持久戦の態勢をとったんです。

吉田　隊員の士気、規律の維持とか、そういうふうなことはあまり、前線だから問題はなかったんですか。

島尾　ぼくの部隊では、問題が出るところまでいきませんでした。まあ、敗戦の間際になって、どういうんですか、倉庫に入って、食糧を盗み出したものが出たとか、そういうことぐらいが、事件といえば事件だったですね。

それからダイナマイトを持ち出して、土地の漁師に売った下士官が憲兵につかまっちゃってね。外部の問題になると、海軍には憲兵がおりませんでしょう。ですから、陸軍の憲兵につかまえられているところへ貰い下げに行かなくちゃいけないわけですよ。それで、ぼくが貰い下げに行ったことがあります。そんな程度でしたね。

吉田　大和のような大艦は、その点実にきびしいもので、精鋭も乗っていましたが、例のバッターでなぐる罰直とか、物凄かったようです。大和乗組みという誇りは持っていましたけれど、士気旺盛というよりは、もう少し重苦しい空気がありましたね。

死と直面して

――吉田さんの作品の中で感じることですが、大和の出撃のとき、一種の死に直面するときに、意識の違いというのがいろいろ出てきますね、兵学校出の人たち、それから予備学生の人たち、下士官兵の人たちですね、その対応の仕方というのはどうなんでしょう。

吉田　その違いですか。大和のように、特攻出撃で、しかも出撃が決まってからお互いにいろいろ議論しあう余裕がある場合は、出身や立場の違いがどんな形に現われるかをみる、一つの実験みたいなものだと思うんですが、死を目前にしても、まだ議論しているときはね、かなりそういう意識の差が出るわけですけど、いざ出撃して戦闘の場面になりますと、実際には差がなかったんじゃないか、という感じがしますね。われわれ艦橋〔軍艦の甲板上に高く設けられた、操縦・戦闘などの指揮をする場所〕にいて、そうですねえ、三十人弱ぐらいの人間がそこに勤務していまして、若い士官もかなりいましたけど、だいたい兵学校出と、学徒出身の予備士官と、半々ぐらいでしたね、そこへ誰にも同じように弾が飛んでくるということになりますと、江田島〔広島湾にある島。かつての海軍兵学校の所在地〕も学徒兵もない。下士官も兵もない。一人一人の人間だけですね。

ただ、さっき島尾さんがいわれたように、わたしなんかも、およそ、軍人不適というか、教練なんか最もきらいの方だったし、軍隊生活には、今でもいやな記憶ばかりですけど、まあしかしそれはそれで、なにしろ若かったですし、独身だし、軍艦に乗って自分の任務を与えられれば、そこで自分なりの緊張を持って戦闘に参加するということは、自分の経験からいうと、軍隊ぎらいの面とかならずしも矛盾しない、なんとか両立しえた、そんな感じがするんです。

学徒兵が、どんなふうに学徒兵らしく戦争をしたか、ということですが、わたしは終戦のときは、四国の特攻基地にいました。高知から汽車で一時間ぐらい西南に行った所に、須崎《すさき》という、わりにいい湾がありましてね、そこが主として回天の基地でしたけど、やっぱり奄美のように海辺の陸岸に隧道を掘って、そこにレールを敷いて格納していました。わたしは電測が専門ですから、米軍が上陸してきたときに、上陸用舟艇の指揮艇を捕捉測定するための電探の基地を山の上に造れということで、突貫工事をやっていまして、そのために、八十人ぐらいの部下を連れて、ある村に駐屯していました。島尾さんの部下は百八十人ぐらいだったと書かれていますが……。

本隊から離れて民家のあいだに駐屯するのは、当時の海軍では珍しかったんですけれども、村の人たちと直接接していたんで、規律の維持に気を使うこともありましたね。

八月十五日の昼前に、隊長は直ちに本隊に集合せよ、という電話が入って、それで本隊に行ったときは、途中に時間がかかって、放送はもう終わっていました。それから二週間ぐらいは、部下の復員事務に追われて、何が起こるか分からないので、緊張して、みんなを送り出した。

その頃こんなことがあったわけです。わたしは特攻の戦闘員じゃなかったし、回天のような武器は持っていませんでしたが、ただ四期の仲間が、だいぶ回天の搭乗員でおりましてね、この連中は、さすがにずいぶん衝撃が大きくて、つまり戦争が終わって、ではどうしたらいいのかということが、全く分からない状態でした。

あの辺りは、四国でも最も海のきれいな所でしてね、白浜や松林がありましてね、その中に、それぞれ自分の気に入った入江があるんです。搭乗員の仲間に聞いてみると、自分の死に場所となるはずであった回天に乗って、その美しい入江へ行きましてね、機械をとめて海底に沈む。永久にそこで眠るんだという。そういう結末しか思いつかない（笑）。人間魚雷を捨てて、逃げて帰るなんて、考えられない。それほど死に密着していたともいえるし、そうしなければ、特攻の訓練なんか続けられなかった。

そんな状態が、そうですねえ、数日は続いたことを覚えていますね。やっぱりああいう形で唐突に終戦がきたために、まあ、ほとんど大多数の特攻隊員には、衝撃が強すぎたんじゃないか、と思います。

島尾　そうですねえ。それは実際みんなどういうふうな気持で敗戦、降伏という事実を受け止めたかというのは、なんだか自分のことでもよく分からなくてですね、まして、人がどういうふうにしてそれを受け止めたかというのは余計分からないんですが……。ぼくは、その時まではまあ、ずっと生き長らえるということは、全く考えられなかったんです。

吉田　そうですねえ。

島尾　で、それが予想もしなかった状態だけれども、生きられるかもしれないという状況がいきなり出てきたわけでしょう。その反動はやっぱりありましたね。生きられるかもしれないぞという気持が湧いたときは、なんていうんですかねえ、からだじゅうがムズムズしてくるような突きあげられるような感じがありましたね。

吉田　ムズムズねえ。わたしなんか、ムズムズを感ずるには、硬くなりすぎていたんでしょうかね。

島尾　ところがまあ、そのあとすぐ考えたのは事後処置のことですね。部隊を持っているわけでしょう。そうすると、それをどういうふうに収まりを付けていくか。たとえば、自分はこの状態を受け入れることができたとしても、それを受け入れられないような部下がいるかもしれないですからね。もしピストルを突きつけられて徹底抗戦をせまられた場合はどうすればいいかなど、いろんなことをやっぱり予想しましたね。どんなふうに持っていったらいいか。どうしても出撃しようという、そういう気持にはぼくはなれなかったですからね。五航艦（第五航空艦隊）の司令長官がいましたね……。

吉田　宇垣（纏《まとめ》）中将。

島尾　あの人が降伏の直後に特攻に出て行ったニュースが、すぐ入ったんです。そうすると、それこそがやっぱり、なんていうのかな、武士道の神髄だというわけです。

そういうことをいい出すものが出てくるんですね。
　それから震洋隊で、土佐湾の、高知からちょっと東になりますかね、あそこ（夜須《やす》町住吉海岸）に一個隊あったのを覚えていませんか。それがね、事故でほとんど全滅しているんです。錯誤による出撃準備中に事故による発火があって大誘爆を起こしたんです。

吉田　それはいつ頃ですか。

島尾　十六日の夕方のことです。ところがそれがちょっと間違って伝わったんですね、つまり土佐湾の震洋隊が全員出撃したというふうに入ったんです。電信兵がそんなふうに取ったんですね。そうすると、それを、やったッ、というか、自分たちもまたなにかそれを追っかけるようなことをやらなきゃいけないという、そういう雰囲気を出すものもいたんですね。だから、ぼくとしてはどういうふうに部隊を収めるかということが、当面の問題として出てきましたね。

吉田　結局、引き連れて佐世保に帰られたわけですか。

島尾　ええ。一人も殺すことなく。

吉田　それはいつ頃ですか、佐世保に帰られたのは。

島尾　九月の三、四日でしたか。奄美関係では震洋が五個隊配置されていました。喜界島に二個隊、それから加計呂麻島が二個隊、それに加計呂麻島の向かいの大島本島側に一個隊、合計五個隊行っていたんですね。そして、だいたい五十人ぐらいずつ特攻兵がいましたから、全部で約二百五十人ですか……。加計呂麻島には大島防備隊という海軍の根拠地隊があって、沖縄が落ちてから、沖縄に行く少将が行けなくて、そこにとどまって司令官をやっていた人がおりましたが、もともとは大佐の司令がいて、奄美方面の海軍部隊を統率していたわけです。

それで、その人たちが気になったんですね、特攻兵という存在が。アメリカが来たら、ひどい扱いをされるんじゃないかということを心配したんじゃないでしょうか。ほんとうは降伏式かなんかがすまないと、兵員とか武器とかは動かせないんでしょうけど、とにかく急いで帰れというわけだったんです。それで二回ぐらいに分けられたんですけど、ぼくはその一回分の特攻兵を連れて帰れといわれて、九月一日に、島陰に隠匿していた漁船を修理したものに分乗して島を抜け出しました。

吉田　全部私服に着がえて。

島尾　いえ、そのまま。しかし肩章は取りました、そんなことしたって、しようがないけどね（笑）。帽子のあの錨《いかり》のマークですか、あれを取ったり。みんな三種軍装*を着用していたんですがね。漁船というのは徴用中のものです。ですから、基地隊とか、整備隊とか、通信とか、それから主計関係はあとに残っちゃったんです。そういう連中は、あとでいろいろ問題を起こしたようですね。

（*防暑服、つまりカーキ色の略装。第一種軍装がネービーブルーの正装。第二種が白色の夏服。）

敗戦のショック

吉田　わたしがいた須崎でも、結局は、人間魚雷に乗って、景色のきれいな入江を選んで海底に自沈した特攻兵は、一人もいなかったですね。彼らが終戦の衝撃から立ち直ったキッカケは、基地の司令、横山という大佐でしたが、この人が終戦から数日たって、全員を集めて、自分の気持を率直に打ち明けたことなんです。南国の灼けるような炎天のもとでね、壇上に立った横山大佐は、事ここに至るまで、現役の大佐であり特攻基地司令である自分が、万事に至らなかった、申し訳ないと、こう頭を下げました。そして、もう戦争は終わったんだから、ともかく、ひとまずは故郷《くに》に帰ってほしい。しかし、帰ってみて、家族が戦争で亡くなったとか、家が焼けたとかね、困ったことがあったら、ぜひ須崎に帰ってきてくれないか。いくらか漁船の用意もしてあるからと。事実横山大佐は、私財を投じて、舟をなん艘か買われてたんですが、一緒に漁業と、海上輸送の仕事をしようと、涙を流して呼びかけたんですね。炎天の下で、涙を流して……。

この呼びかけには、思いがけない大きな力がありましたよ。何はともあれ、家に帰ろう、という気持にみななったんです。

しかし、われわれ特攻隊の若い士官たちは、須崎の基地は相当大きかったし、やっぱり生きては帰れん、という感情を持っていましたのでね。米軍が士官のリストを手に入れたという噂もあって。生きて帰れるかもしれないという気持が出てくる前に、それまでの張りつめた気持の延長で、覚悟して書類や手紙を焼くとか、身のまわりを整理しました。本隊の方からも、銃殺されるだろうとか、具体的な情報が流れてくるわけです。ですから、部下に対しても、わたしなんか、その頃、ほんとにまだ若造で、海軍の経験も浅かったんですけど、基本的にはいずれは殺されるだろうという姿勢で部隊解散の仕事をやったので、なんとかですね、無事に復員事務が終わったという感じです。

ですから、そのあとで、われわれも殺されずに、結局復員できるんだということになったときに、どうしていいか分からなくなった。家族が疎開していましたから、疎開先の家に帰って、学生時代に読んだ古典の長編小説がありますね、ドイツとか、フランス、ロシアの。そういうものをもう一ぺん読み返してみたら、人間らしかった頃の自分がですね、少しは取りもどせるかもしれないと思って、それを三、四カ月やりました。しかし、そうしていても、とにかく健康で帰ってきたのだし、やはり自分の仕事というものを一つ持たなくちゃいけない、と考えた。そういうふうに、自分なりに敗戦の始末をつけたということになるんですけど……。

わたしども、もともと徴兵であるし、兵隊であると同時に学生だと思っていましたが、戦局も押し詰まり、あたえられる状況全体を、やむを得ないものとして受け取るほかないような……。

島尾　ええ。ええ。

吉田　そういう状況にだんだん引っ張り込まれていってですね。わたしなんか軍人に最も向かないと、今でも思っていますけど、死ぬ直前までいって、結局死ななかったということは、これは、ただもうそういう事実として受け取るほかないんだ、という結論になりました。だがしかし、われわれがああいう戦争をして、あのような敗れ方をしたという事実の中には、非常に大きな問題が含まれているはずだという気持はあったんですけれども。なかなか、その時の自分の力ですぐにはどうにもならないものですから、それはちょっとわきに置いてですね、そして戦後の自分の生活をスタートしたということです。といっても、別のところでは、わきに置いた問題は絶えず意識しながらですね。

死んだ仲間のことは、いつまでたっても離れられませんからね。そういう仲間たちの死と、自分には戦後というものがあることが、どういう形でつながるかということは、しょっちゅう考えながらきたということです、この三十年……。

——その大和の出撃のあと、救出されて、また第一線の特攻勤務に志願されたというのはどういう動機なんですか。

吉田　大和の場合は、乗組員の九〇パーセント以上が戦死をしたわけです。島尾さんの書かれたものにもありますけれども、一度特攻出撃の命令があって、それが艇の故障とかなんとかで実現しなかった場合に、もう一度それを経験するということは、なんというか、普通の人間の耐える力を越えるような非常に残酷なことだと思います。いってみれば、いちど死の向こうがわを見てしまったわけですから。須崎の基地でも、そういう仲間に会ったことがあるんです。

けれども、それは人間魚雷のような、いわば孤独な経験の場合であって、大和の特攻出撃は、大きな旗じるしを掲げて集団でやったことですから、その中で自分が不当に生き残ったという感じの方が強くて……。われわれ四期の仲間でも、生き残ったのは三人ですからね。わずか。

それで呉の人事局へ行きまして、とにかく特攻隊に勤務さしてくれということをいったわけです。そうしたら、人事局の少佐ぐらいの人が、それは誰かにそういえといわれたのか、という質問をしましてね。そういうことは、人にいえといわれていうようなことではない。これはわれわれの率直な気持だ。その方が、これから勤務する気持としてですね、耐えやすいんだ、そういう意味のことを意気ごんでいいましたら、まあ、ご苦労だったから、しばらく休暇をやる、ということでした。家に帰って、ゆっくり親の顔でも見てこい、ただし急に任地が決まるかもしれんから、電報の宛先だけははっきりしておけ、そんな話がありました。

それで、一週間ぐらい休暇をもらってうちへ帰りました。しかし、わたしの場合は電測ですから、特攻勤務にはつけにくい。それでも、一応特攻基地の前線のようなところへ配置してくれた。この、特攻勤務を改めて志願したのは、死んだ仲間に対する、その時はわりあい自然な気持だった、と思っているわけですが……。

島尾　特攻というしるしというか、なんかそういうのを一度この身につけると、特殊な状況が現われてくるんじゃなければ取れないようなね。ぼくらでも、あの時はですね、たとえば日本軍の状況がよくなって、沖縄から全部アメリカの艦船を追っ払ってしまうような、沖縄をまた取り返すという状況が出てきてもね、自分の特攻という、そういう身分というのかな、なんていうのか、そういうしるしは取れないような感じはしていましたよ。またその先の前線に出されなきゃいかん。いったん特攻兵になれば、どうしても、特攻で突っ込むのが自分の運命というか、そういうふうに約束したんだから、そうしなくちゃならん、という気持がありましたね。だからおそらく、あるる作戦でもって自分が生き残ったとしても、それでもう任務は終わったんだ、というふうにはなれないんじゃないですかね。

吉田　まあ、少なくとも、その方が耐えやすかったですね。うん。そうでない、特攻とは無関係な状態になったら、自分の現在というものを、自分なりにどういうふうに始末するかが、非常に苦しい問題になる。これは戦争が全体体験だということかもしれませんが、わたしみたいな、あれほど軍隊に行くのがいやだった人間でも、一つの責任というか、職責といったものが生まれて、そこまではなるんだという感じはしますけどね。

――震洋艇の場合は、敵前で操縦員が飛び込んでいいというふうなことになっていたわけですね、特攻にもかかわらず。あれはどういう意味なんでしょう。

島尾　ぼくも確かなことはよく知らないんだけれども、どうしても逃れられない、死から逃れられないというふうな兵器は許されないんだそうですよ。

吉田　そのはずですね。正式には採用できなかった。特に山本五十六大将が強硬で……。

島尾　採用できない。それでいろいろ抜け道を考えるわけです。敵前五〇メートルで舵《かじ》を固縛して、後ろに飛び込んで脱出する、そういう兵器だというわけです。それならよろしい、ということですね（笑）。採用許可になるんじゃないですか。

――桜花《おうか》*なんかそうですね……。

（＊沿岸防備と上陸作戦阻止用に作製された、特攻機。頭部に一・二トンの爆薬を装備。一人乗り。最高時速九〇〇キロ。航続距離八〇キロ。長さ六メートル。幅五メートル。作戦参加は昭和二十年三月。七五五機が製作されたが、実戦参加はその一部。）

吉田　いや、桜花ね、あの辺になると、もう生還率ゼロで……。

島尾　敗戦まぎわに苦しまぎれに採用したんじゃないですか。特攻ということでは、ぼくたちが最初じゃないでしょうかね。非常に早い時期に特攻だという烙印を押されたんです。

ハワイの（真珠湾）攻撃のときのあれも、そういう意味の特攻じゃないんじゃないですか。

吉田　そうですね。

――潜水艦が湾外で待機していましたから……。

吉田　収容するということですね。

島尾　敵前五〇メートルで脱出するというふうなことはね、まあ、口ではいえますけれども、それを本気にする人はいないわけでね。実際問題としても不可能です。とにかく、訓練はみな突っ込む訓練ばかりでした。そういう形の特攻は、なんかぼくたちが最初だったように聞いていますけどね。特攻と決まったのは十九年の七月頃でしたか……。

吉田　飛行機の神風《しんぷう》特攻*がその少しあとでしょ。

（*戦闘機等に爆弾を装備し、敵艦に体当たりする海軍の特攻作戦。昭和十九年十月、比島で初めて編制され、終戦までに五三攻撃隊が参加。飛行機の損失一二二八機、戦死二五二五名。敵にあたえた損害、沈没三四隻、損傷二八八隻。）

島尾　ええ。そのあとです。

――十月二十二日か三日ですね。

島尾　それで神風特攻の連中より、ぼくらは半年先に中尉になっちゃった。その時分は、まだ辺りを見回したって、のんびりしたものだったんですから、銀座に行ったたって何したって。アメリカの空襲は一度ぐらいしかなかったときですからね。その時に特攻に加えられたということは、やっぱり、青天の霹靂《へきれき》でしたね。震洋が突っ込むのは、なんだか八月の何日だというようなX日の噂まで出て、そうすると、生きてる時間はあと一カ月ぐらいしかなかったんですよ。ああ、ついに死んでしまうのかと思ってね。そのかわり、参謀肩章を付けさせてくれるとか、食事がいいとか、虎屋の羊羹でもウィスキーでもどんどん回してもらえるとか、そういうふうな情報が入りましたね。幾らかはそれで慰められたりしていたわけです(笑)。参謀肩章までは吊らなかったんですけど、そういう状態で待機の特攻隊生活に入っていったんです。

吉田　時期的には、ちょうど、マリアナを中心とするあ号作戦*の敗れたのが六月十九日ですから、それでもうサイパン島失陥ということなんですね。それで、特攻という発想が出てきたのかもしれない。

〔*マリアナ方面への連合軍進攻を予想した日本側の決戦計画名。十九年六月十五日米機動部隊がサイパン島へ上陸したのに対し発動。マリアナ沖海戦へと突入、日本側が壊滅的打撃を受けた。〕

島尾　なんか、あの時はもう周囲が見えない生活ですからね、どういう作戦が行われていたか、というふうなことは全然……。

爆薬搭載の特攻艇

吉田　しかし、震洋を設計した技術士官がいるわけですね。
島尾　いるんですね。
吉田　特攻兵器といったって、モーターボートですからね。
島尾　大変なもんですよ。あれを見たらほんとうに、がっくりときますね。
吉田　ベニヤの。ほんとうに薄っぺらな板で……。
島尾　そもそもぼくら水雷学校組が大挙して特攻に回されたのは、魚雷艇の士官がそんなにたくさん要らなくなるような状況がはっきり現われてきたからでしょうね。まあ、予備学生ということでは、ずいぶんその、娑婆《しゃば》っ気があるとかなんとか、やられていましたからね。山船頭だとか。ほんと、またしようがなかったんですよ（笑）、すぐ娑婆っ気出しちゃってね。だからいわれてもしようがないんだけれども。
吉田　われわれ四期は、もっと娑婆っ気がありましたから、それこそしょっちゅう「学徒兵はだらしがない」とやられていたわけですけど、ある事件があって、少し空気が変わったんです。それは、武装駈足訓練という、あれですね。ひどくむし暑い日で、日射病患者が続出し、武者小路という仲間が死にました。ほとんど意識もうろうとして、目の見えなくなった仲間が、ゴールになだれこんでくると、そこに立っている野地さんという学生隊長に、われわれの教育責任者ですが、この隊長にぶつかっては倒れるんです。分隊ごとの団体競技ですから、絶対落伍《らくご》するわけにはいかなかった。

島尾　海軍の青年士官としては、なっちゃおらんということを、いつもいわれて、修正（なぐられること）されたりしていたんです。魚雷艇学生のときの学生隊長は、末次さん……。

吉田　大和で、艦隊の通信参謀として亡くなりましたよ。

島尾　大和ですか。息子さんの方ですよ。

吉田　末次信正〔海軍大将、内務大臣等歴任〕の息子さんの、信義さん。あの人は、長身の人で、ビリッとしてね。

島尾　その人だったんです。

吉田　はあ。そうだったと思いますね。

島尾　とても口は悪いんだけれども、わりにそのなんていうか……。

吉田　ギョロッと睨《にら》んだり。

島尾　ギョロッと睨んだり。しかし、なんかしんの温《あった》かい感じの人でした。ぼくたちは海軍士官としてはだめだということをしょっちゅう末次さんからいわれていたのに、ある時ですね、お前たちはとにかくよくやった、というわけですよ。それから新しく優秀な特攻兵器ができたというんですね。なにか小っちゃな船だけれども、速力が五〇ノットも出るやつで、その超スピードのものに乗って、頭部にくっつけた炸薬ごと敵艦にぶつかるというんですね。そういうものとか、それから人間魚雷とかね、そういう幾つかの特攻兵器のことを紹介してね、そういう特攻に、予備学生の中でも、お前たちはよくやったから、特別に採用することになった。だから一日余裕をあたえるから、ゆっくり考えて希望を出せというんですね。訓練なしのその日一日はほんとうにのんびりして、海岸に出てウニなんか取って食べているのもいるし、洗濯するやつもいるし。とにかく考えたんですね。ほんとうは考えたって考えようがないからボーッとしていたわけですけど……。そういうふうにして、結局希望したんです。

——それは、希望を出さなければどうなるんですか。

島尾　ぼくの記憶ではね、どれにということじゃなくて、それは上の方で決めますからね、特攻には全員志願したというふうに覚えていたんですが、何人かは志願しなかったものもいたということを戦後になって聞いたんですね。ほとんど全員志願した、というふうに発表されたような気もするんですがね。

――せざるを得ない状況はあるんですか、空気として。

島尾 だいたい、あの時期にはね、どういうんですか、生き残るということはちょっと考えられなかった。そして、負け戦さだということはなんとなく分かりましたからね。海軍はことに技術者の集団ですから。それでわりにこう、実状を隠さないでいうわけです。それが伝わってきますからね。

だから、ちょっと難かしいなと思っていたけれども、しかし、自分が何かやって、それで戦局を挽回するなどとは、それはちょっと考えられなかったけれども、幾らかでも役に立つなら、自分が死ぬことによって、漠然としているけれども、日本の人たちがそのあとで幾らかでもいいようになるなら、もって瞑《めい》すべしだ、ぐらいのことは考えていたわけですよ。そしてね、もうそういう機構の中に入り込んじゃってるわけですから。そして、もう朝から晩まで訓練、訓練でしょう。それがまた単調で、つらい訓練ですからね。違った配置に行くということが、それだけで嬉しいんですね。とにかくどっか別の配置に行きたい。もう特攻でも何でもいいわけなんだ（笑）。そういう気持がちょっとあった。

吉田　死ぬということは、もう当時はね、死ぬということ自体は、別にそんなにいやとかなんとかいう余地はないですから。どうやっても、結局は死ぬんだし、逆にいえば、万一生き残って敗戦後に苦労するのは、かなわんというのが、正直な気持で。そこが今と一番違うでしょうね。ただね、飛行機なんかの特攻の場合には、ただ突っ込んでいくだけで、むつかしい技術が要らない、そういう死に方はいやだ。やっぱりもっと本来の戦闘らしい戦闘をやって死にたい、そういう不満はあったようですがね。

島尾　ああいうふうに、どういうんですか、全体がいきり立ってるときに、よほど自分になにか確かな信念と思想があるのでなければ、そうでないこと、つまり志願しないということは非常に困難だ、そういう雰囲気はあったかもしれませんね。

――吉田さんの場合は電測士、つまりレーダーの指揮官として戦艦大和に乗りくんだ。実際に死そのものと直面したのは、やはりその大和の出撃のときですか。

吉田　そうですねえ。それじゃ、どこで死を実感したかというと、ああいう、三千何百人かが乗りくんで、一つの集団の中でですね、出撃する軍艦というのは、独特の空気があって。ですから、たとえば一人で震洋艇に乗って発進して、あとは突入するのみという、そういう場合の実感とは、ちょっと違うところがあったでしょうね。ということはね、出撃するときに、貴重品ですね、時計とか、金とかいうものを、軍のゴムのサックに入れて懐ろにしまっていた男が、何人もいるんです。なんか自分だけはね、もしかしたら……というような。わりに歴戦の人に多いんですけどね。それで奇妙なことに、われわれ生き残りは、あまりそういうことをやらなかったのが多い。妻子もなかったし、そんなこと何もやらなかったので、ほんとうに無一文で生き残ったんですけども、やっぱり人間というのは、そこまでいっても、ほんとうに死を実感するというよりは、どこかで自分をはぐらかすようなところがありましてね。人間て、弱いですから。

そういう意味からいうと、死ぬということは、実につまらんことだというふうに思ったですね、あのまま死んじゃうんだとすると。自分をはぐらかしたままですね……。そういう感じがそのあとずっと尾を引きまして、なにかそこでもうちょっと、自分なら自分をね、いよいよこれから死ぬというなら、死というものをもう少しはっきり摑みたい、自分で自分を見つめたい、そんな気がしました。

二度と帰れないことを知って出撃する気持は、大変だったろうとよくいわれるんですけど、意外に平気なもんで。出撃と決まりましてから、みんなわりあいにつまらんことでよく笑うんですね、艦内で。笑っていないと、なんか重っ苦しい気分になるのが、イヤだというふうにね。おそらく従軍記者でもいれば、さすがに日本の第一線の勇士たちは悠然と笑う余裕があった、とかなんとか書くところでしょうけどね。

島尾　そういうことでしょうね。

吉田　実態はどっか少しね、かりそめの、あれになってるんですよね。

島尾　つまり、心中のいろんな思いはいいようがないですからね。だから会ったって、やっぱり、オッというようなことでしたね。

吉田　そうですね。

島尾　オッといって行き過ぎるとか、ちょっと微笑んだりしてね。
――お互いに触れ合わないという状況があるんですね。
吉田　まあ、そうですねえ。お互いというより、自分にもね。だいたい、まず自分に触れ合わない、触れ合おうとしないという感じがありますね。一方では自分の状況がよく分かっているんだけれども、片方ではそういうことに徹し切れない。だから救われているみたいなことがあるんですね。
――電測士の立場からは何人か部下はもちろんいるわけですね。
吉田　ええ。ただ、これはほんとの技術家集団でしてね。技術で助け合う仲間というか、普通の上官と部下の関係よりも。しかも、ああいう大きなフネというのは、心理的にはずいぶん楽だったと思うんですね。その中で、自分一人だけじゃ、どうすることもできませんから……。
島尾　そうすると全員特攻ということだったんでしょうけれども、どういうんでしょうかね、お前は特攻兵だといわれて一人でこう出かけて行く。たとえば飛行機に乗ってね。それとやっぱりちょっと気分的には……。
吉田　違いますね、きっと。

島尾　違うかも分からないですねえ。特攻隊といわれている部隊の中にはですね、実際に出かけていく掌特攻兵と、別にそうでない兵、つまり特攻隊にはいるけれども、特攻には出ないであとに残るものがいますね。そういう連中も、おれも特攻隊だとか、そしてもう、こういう戦局になったら、特攻兵も自分も区別がないということを、よくいったわけだけれども、やっぱり違いますね、掌特攻兵とはね。それから、どうしても死ななければならなくなってしまっている人間と、もしかしたら助かるかも分からないのとは、それは違うし、それから死のすぐそばまで行っても死なずに生きて残ったのと、死んじゃったのとでは、やっぱりもう全く違いますね。どうしようもないことなんですね。

吉田　その違いの大きさは、これはもう如何《いかん》ともしようがないことでしょうけども……。

――その震洋艇を命ぜられた瞬間のご自身の反応というのはどういうものだったでしょうか。頭の片隅にはどこか、助かる可能性がある、説明通りにですね。

島尾　いや。それはないですね。まあ、ぼくはね、死ということを一番恐れているわけですが。しかしその、どうだったんでしょうね、若かったからかな。あの頃はかかなり耐えていられました。今はちょっと、あやしいですよ。今ならもう、ノイローゼになってしまうかも分からない。しかしあの時は、そう目立ってあやしげな振舞いもせずにすみましたね。

そしてぼくたちの震洋艇などの場合はね、特攻というのはみんな同じといってしまえばそうだけれども、万が一も助かるということはなかったですね。ただチラッと、気持の底をよぎった妄念はね、逃げることでした。自分で運転してるわけだから(笑)。どこかスッと無人島にでも逃げて行ったらどうなるのかな、というふうな。

――あの、炸薬をはずせないんじゃないですか、信管を入れなきゃ、爆発しないんですか。

島尾 ええ。つまり炸薬は艇にくっつけてあって簡単にははずせないんですね。しかし信管入れなきゃだめですよ。まず雷管を入れて、信管入れて。

――入れなければ大丈夫ですか。

島尾 ええ。大丈夫です。敵機の機銃で炸薬の部分をバーッとやられたらだめでしょうけどね。そういうことです。そういう想念がチラッとかすめたことがあったけど。なんかやっぱりあの当時ですから、そういうことを考えるだけで……。

吉田　その方が大仕事ですねえ。死ぬことより、逃げる方が。（笑）

島尾　その方がねえ……（笑）。もう今のような世界の広がりは、あの当時は持つことはできなかった。

そして、ぼくより年下の人たちは同じだろうと思うけれども、ぼくよりもう少し上の世代だと、学生運動やなんかで、つまり思想的な洗礼を受けている人たちも少なくなかったわけですね。ぼくのときはちょっと境目みたいだけれども、ぼくにはそれがないんだ。だから、外の世界というものが見えなかった。内側だけですからね。内側だけで外の思想を知ることは、ちょっと難かしいですから。

――しかし、同人雑誌が発禁処分になりましたよね。そのことの体験はどうなんでしょうか。

島尾　あの場合は、つまり思想的に自覚してのものじゃなくて、何も分からなくて書いたことが、まあ、思想的にちょっとあやしげだとか、あるいは風俗壊乱だとかいうふうなことでしたね。警察の方では、背後でどこかにつながってなきゃおかしいというんで、それを探ろうとしているわけですから、しつこくつきまとってきたけれども、本人の方は何も分からないんだから。（笑）

名目は、伏字のあるぼくの小説が幼児期の性意識みたいなことを書いていたんですね。そのまま書くといけないと思って、あの頃はやっていた伏字の方法を使ったりして（笑）。それが、出版法の第何条かに抵触したんですよ。しかし、特高で実際にいろいろ調べられてしぼられたのは、それもさることながら、指摘されなかった部分の、ほかの同人の詩の方だったんですね、どちらかというと反戦的な……。

吉田　それは昭和何年頃ですか。

島尾　十二年。*

――同人雑誌は『十四世紀』ですか……。

島尾　そうです。

〔＊『島尾敏雄全集 17巻』（一九八三年、晶文社）の年譜によれば、昭和十三年二月に創刊し「おキイの貞操とマコ」を発表するが出版法第十四条に触れて発禁処分となり、長崎警察署で取り調べられた。〕

戦時下の学徒

――吉田さん自身は当時はどういう学生だったんですか。

吉田　まあ、ごく平均的な学生だったですね。わたしは例の学徒出陣のクラスですからね。だいぶ島尾さんより若い。学生の頃は、自由に外でビールを飲むなんてことさえ、ほとんどできない、日本がまだ自由だった時代を、ちょっと垣間見たくらいでね。もちろん思想的な洗礼などは、すんだあとだし。で、実際、学生としてブラブラしているよりは、時代がああなっちゃったら、それは兵隊にでもなった方が、気が楽、というところでしたね。

兵隊になって、何を守るつもりだったのかと、今も聞かれますが、天皇とか祖国とかいうよりも、内地に残してきた仲間ですね、老人とか、婦女子とか、そういう人たちが平和な日を迎えるまで守ってあげるのは、われわれ健康な青年の務めだ、ぐらいの意識はありましたね。自分がイヤだといってみても、誰かほかの青年が代りにやるだけですから。

われわれ学徒出陣組を送る大学の壮行会で、末弘厳太郎《すえひろいずたろう》先生〔民法学者、帝大教授〕が、諸君は一人でも多く生き残って、戦争が終わったあとの大学のね、学問の世界を豊かにしてくれ、と送別の辞をのべられた。今から思うと、昭和十八年のあの時期としては、ずいぶん思いきったことをいってくれたなと思うんですけれども……。当時、学生たちにどこまでそれが分かっていたか……。

もっとも、学生時代は、学年短縮で忙しかったし、大学生らしい経験ができなかった。本なんかも、あんまり読めなくて……。そういうことは、逆にあとになって、軍隊に入ってから少しやりました。海軍の士官というのはわりあいに自由な時間がありましたからね。それは島尾さんが童話を書かれたぐらいだから、本なんかずいぶん読めました。わたしも、大和のあとの配置では、トーマス・マンの『魔の山』なんてのを、一生懸命読んだりしたんですけど。

学徒兵なら、特攻隊に行っても、泳いで、敵につかまって、学徒兵らしく捕虜になったらよかったじゃないか、といわれたこともありますが、内地にいる家族に対するね、日本の軍隊のみせしめの仕打ちというのが恐ろしくて、正直とてもできなかったですね。

島尾　まあ、ぼくも、学生生活が長かったので、*年はくっていたんだけど、いきなりああいう軍隊生活に入ったので、あそこで社会を覚えたようなものですね。ぼくのいた震洋隊は水兵とか下士官にも学校出が少なかったんです。大学出が二人しかいなかったですね。それから准士官以上の七人のうち、ぼくとあと一人が予備学生出身でした。

〔*長崎高等商業学校でも学んでおり、二十三歳で九州帝大の法文学部経済科に入学、翌年法文学部文科に再入学、軍隊生活に入ったのは二十六歳のとき〕

吉田　それは横須賀の兵隊ですか。どこの兵隊だったのですか……。

島尾　ぼくのところは、三鎮競技さながらでしたね。横須賀から、呉から、佐世保からと、全部ごちゃまぜだったんです。悪いくじを引いちゃって。結局生き残ったんだからよかったかも分からないけれども、佐鎮なら佐鎮の兵隊、横鎮なら横鎮の兵隊だけ、そういうふうに一つの鎮守府*の管轄の兵隊だけを部下にしていたというのが、これは普通の形なんですよ。ぼくは横鎮のをもらったんです、最初は。その時一緒に震洋の部隊を編制した、北海道出身の同じ魚雷艇学生の仲間の中島始郎が九州の兵隊をもらったんですね、佐鎮の。ぼくは学校は九州ですが、田舎は東北ですから横鎮の兵隊で満足していたんです。ところが中島が、お前は学校が九州で九州人を知っているんだから、替えてくれっていうの。

〔＊各海軍区の警備部隊の監督などをつかさどった機関。横須賀・呉・佐世保・舞鶴の各軍港に置いた。〕

吉田　替えられたんですか。

島尾　いやだよ、どうせ死ぬんならサ、やっぱり（笑）郷里の国訛《くになま》りを耳に聞きながら死にたいから、といって頑張ったんだけれども、彼に執拗《しつよう》に食いさがられちゃってね。それでもう、どうでもよくなって替えたんです。

彼はフィリッピンで死んじゃった。で、ぼくは生き残ったんだけれども。その時一緒に編制されたのは八個部隊だったんですが、結局ぼくは一番終わりの隊番号の付いた部隊でした。そして前線基地には若い隊番号から出て行ったんです。その際いろんな事情で員数が足りなかったりすると、うちの隊から補充して行ったんです。欠員の出たぼくの隊にはどっかからあまったのを連れてきたから、そのうちにだんだん混成になっちゃって。だいたいは佐鎮管轄だったのが、横鎮も来るワ、呉鎮も来るワで……。

吉田　気質が違いますよね。
島尾　ああ。面白かったです。ぼくはあっちこっち知っていますからよかったようなもんだけど。それでもやっぱり佐鎮が多かったです。
吉田　そうすると、隊長が入れかわったんですか、部下は同じで。
島尾　そうです。そうです。指揮官だけがかわったんですが、そんなこともできたんですね。
吉田　大和のような戦艦では、部下とそういうふうに接触する楽しみは、なかったですね。
島尾　まあ、あなたの書かれた作品を読んでいますと、ほんとうにもう僥倖《ぎょうこう》というか、偶然の積み重なりで生き残っているわけでしょう。あなたのはこう、集約された戦闘の、ものすごい激動的な状況ですが、ぼくの場合は戦闘もなんにもない。そして、ちょうど一年以上もの長い期間の待機で、毎日はもうほんとうに戦争しているのかどうか、分からなかった状態ですから。
　それから、奄美の基地っていうのは、ほんとうに美しい所でね、もう……。あんな所で毎日を迎えながら、もし命令が来たらすぐ死にに出て行かなくちゃいけないわけですから、かえって残酷なところもありましたね。まあ、そういう点ではものすごく違いますし、ぼくの方は、戦闘はなにもしていないですけれども、しかし、やっぱりいくつかの、なんていうか、偶然ですね、そういう偶然が重なって生き残ったみたいですねえ。

吉田　あの時、徳之島へ行かれたのに、よく敵襲がなかったですねえ。あれ……「徳之島航海記」。

島尾　なかったですねえ。あれは不思議です。あんな、もう（笑）来ない方が不思議なんです。

死の意味について

吉田　わたしはね、大和で沈んで帰ってから、初めは、やっぱり自分は一戦してきたんだという、誇るような、傲《おご》るような気分が確かにあったんですけども、呉の町を夜歩いていると、向こうから女子挺身《ていしん》隊員がね、夜勤の交替でしょう、こっちへ歩いてくる。そうすると、「歩調取れ」で、わたしに敬礼するんですね。その時に、こう、自分の顔が痙攣《けいれん》するような感じがしました。つまりね、大和の出撃のような、ああいう劇的な舞台装置で、実験的なものものしさで、大きな集団で、しかもなにかそこに旗じるしがあるわけでしょう。そういう経験とね、それから、挺身隊の女学生たちは、とにかく非常に危険な中を、そうやって工場勤務にかよってくる、なにか大変に申し訳ないような気がした。

それから、休暇をもらって東京へ帰りましたら、ちょうど三月十日の空襲のあとで、わたし、友だちが下町の方にいたものですから、深川の方に。その連中がずいぶん死んでいるんですね。それで、われわれのような華々しい特攻の体験は、死の体験としては、むしろはっきりしているだけにですね、受け入れやすいんじゃないか。たとえば、あの空襲の中で逃げまどって、つまりあらゆる選択の余地があって、いろんな可能性を判断しながら、しかも周りには親きょうだいがいて、そういうことを考えますとね、とても自分の経験などは、誇りにしちゃいかん、という気持になったのが正直なところでした。

あの記録にわたしが書いたのは、確かに戦闘としては激しかったでしょうけれども、ほんとうの人間の死の体験というのは、もう少しあの中から飾りをとってエッセンスを煮つめたものであって、同じ経験として比べれば、内地にいて、それこそ空襲の中で逃げ回っていた方が、経験としては厳しかったんじゃないか、ということをね、その時、痛切に感じた覚えがあるんです。それだからこそ、生きて帰ったらもう一度、とにかく特攻というか、そういう、死にある程度近い配置に出してくれ、という気持になったわけですよ。

島尾　あなたのはすごいですねえ。

——十六回ですね、空襲受けたのは。

吉田　ええ。それはまあ、ああいう形式の戦闘は、もう二度と、この地上にはないでしょうから。それと、日本、あるいは日本人というものが持っていた優れた面と、非常にこの、なんていうのか、非常に片寄った面とがですね、大和の最期には、両方が極端に出ているような感じで。あとで振り返ってみますとね。そういう意味での象徴のようなところがありましたね。

それから、わたしのように学生からいきなり入って、一年間の速成教育で、一般兵科の士官になって、ちょうど戦闘が始まったときに艦橋の当直に当たっていたという、そうでなければ、ああいうフネですから、局部的にしか状況は分からないですものね。

ですから、そういう意味でいいますと、あの記録は、やっぱりなにものかによって書かしめられたんだ、そういう実感がしましたね。

だけど、あれだけ大勢の仲間が、死んでいった。苦しみながらですね。むしろその中には、たくさんの表面に出ない、特殊な精神経験みたいなものが埋もれている。そういう事実が戦後ずっとわれわれの周辺からね、消えないという感じがあるものですから。わたしの場合は、彼らがほんとに何のために苦しみ、何を願って行ったのかということを、彼らの立場にできるだけ立って、もう一ぺん確認したい、ということで、最近、少し戦死した人たちの伝記みたいなことを書いているんです。

そこにはもっと、本質的な問題があるんでしょうけれども、わたしの力では、なかなか……。戦後すでに三十何年かたちましたから、今の時点に立って、今まで見過ごしてきたものを、もう一ぺん確認したいという気持があるわけです。

島尾　なんていうかね、あれだけ、集約されたドラマというものをね、それをもう、言葉は悪いけど、非常にいい場所でずっと見ているわけですから。

しかし、よくいろんなことを、まあ、そりゃあ直後でもありましょうけど、覚えていましたね。

吉田　若さと、やっぱり学徒兵の本能ですか。そうですね。戦闘の真っただ中にいても、自分のもう一つの目が、自分を観察しているようなところがありましたからね。それに、戦闘というもののリズムに、なんとかついていけた、ということですか。従軍記者じゃありませんから。
　兵学校の連中なんかにも、いわれましたよ。よく短期間に、まあ、速成教育のわりにはね、どうやら海軍らしいところをつかんだって（笑）。それは、今考えましても、軍隊には悪い面とか、いやな面があるといいますけれども、ああいう第一線の、出撃して行くフネは、そういうことは少なかったですね。自分が無理に軍人になるというんじゃなくて、自分が今まで学生としてやってきたことに、海軍の速成教育をのせて、それで、自分なりにやればですね、みんな人間としてはそれなりの人がいて、わりあい違和感なしにやれました。

指揮官と部下

島尾　ええ。それまではいろいろありましたね。あなたの書いたものの中でもガン・

ルーム（第一士官次室、つまり若い中尉少尉の居室）で、海兵出の士官と予備学生出の士官が議論するとか、それはやっぱりありますよ。ぼくらも、ありました。あったけれど、いざというときになったら、それは、どういうんですか、戦争のやり方でもですね、その指揮官なら指揮官の全部が現われちゃうでしょう。だから、そうなるとね、そんなに違わないんです、人間は。まあ、兵学校で軍人専門の教育を受けていれば、平生のときにはそれは、予備士官とは力量が大分違うでしょうけれど、戦闘場面になると、またちょっと違ってきますからね。

吉田　そうですね。

島尾　ええ。発想とかなんとかが、その人の人間にかかってきちゃうからね。技術が重要な軍隊ではありますけれどね、海軍は。だけど、技術ばかりでないところもあるような気がするんですがね。

吉田　隊長の性格に自分の隊が非常に似てくる、というようなことをお書きになっているんですけれども、われわれが所属していた大きな集団からいうと、ちょっとそういう経験がなかったものですから。たぶんそうだろうという感じはするんですが……。

島尾　ええ。あまり大きな集団だと違うでしょうけれども……。しかし、あなたの場合でも、もし、長官が違っていたら、やっぱりちょっと違ってくると思いますよ。小さくなってくれば小さくなってくるに従って、そのまま出てきますがね。

吉田　やっぱり部下は隊長をよく見ておるわけですよね。

島尾　見ている。気になるわけですからね。行くにしても退くにしても、こう、熱い目で見るでしょう（笑）。命がかかっていますから。

吉田　ほんとにね、命を預かるといえば、文字通りですからね。

島尾　実はぼく今度初めてあなたの『戦艦大和ノ最期』を読んだんです。前に読まなくてよかった。

吉田　そうですか。

島尾　前に読んでいたら、もう自分のものなんか書きたくなくなっちゃう（笑）。まあ、しかし、最近読んで、なぜか忘れていた昔がずうっと甦ってきましたね。そこへ出てくるいろんな士官とか、下士官とか、水兵とか、いろいろな人が書かれていますけど、それはやっぱり、だいたい似たような形でぼくの周囲にもいたんです。そして「大和」では、結局、狭い世界の中で大方が死んじゃったんですね。ぼくの部隊には死んだものはおりませんでしたが。

吉田　戦争が終わって、佐世保で解散するときには、みんなまあ、気持よくというか、その点は割りきって……。

島尾　ええ。八月十五日までは、わりに収まっていました。降伏したあと、やっぱりちょっとダラケてきましたね、隊内が。酒保〔兵営・艦内にある日用品・飲食物などの売店〕を開いたりすると、酔っぱらってくるにつれておかしくなってきて。そういうときに、規律を守らないのを叱ったりすると、以前のようじゃないんです。ちょっと構えるような感じになりますからね。

吉田　そうですね。それはありますね。戦争が終わっちゃったんだから、無理もありませんが。

島尾　それをやっぱり心配したんです、いろんなほかの部隊の例がありますから。ところが、なんとかうまく収まっていて、先にいったように、特攻兵だけ連れて先に帰ったわけですが、島から本土に取りつくまでは変わらなかったんですが、本土に上陸したら人びとの気分が以前とは全然違っていたですからね。そして、手製の紙巻煙草、あの頃あったでしょう、それをたくさん作っている人がいたので、分けてほしいと頼んでも、返事もしてくれなかったですね。負けた兵隊がどうとかこうとかいって。そんなことで、だんだん隊員までおかしくなってきました。結局、佐世保の海兵団に行って復員手続きをして……。

吉田　佐世保のね。

島尾　まあ、無事終わったんですが、やっぱりこう、なんとなくギクッとすることもあったんです。佐世保に来るまで、鹿児島本線の途中の鉄橋が不通になっていましたから、その区間を歩いたりして、串木野という所から佐世保まで行くのに、三日ぐらいかかったんですけども、途中でなにかのことでぼくが下士官をたしなめたときに、彼はそれまでとうってかわって反抗的になりました。最終的に退職金も全部配ってね、そして、煙草なんかももらって配って、そして海兵団を出て、駅前まで歩いて行くときに、もうダラダラして、なんていうか、すっかりダラケたふうになっちゃったんで、そこで気合を入れたんです。その時に一瞬全員がキュッとなってぼくの方を見たんです。その時、なんかこう、殺気を帯びた緊張を感じたんです。しかし、なぜかそれはすぐスッと消えたんです。

吉田　隊長として隊を統率してこられたんだから、その責任の名残りみたいなものが、そこでこう、気合を入れた……。

島尾　うーん。まだ解散してないんだから、ダラダラ歩くんじゃないといったんですよ。どういうんですかね、いろいろあと先の経緯もあるし、ぼくの潔癖もあったでしょうしね。最後を、ちゃんとしたかったんですね。その時に、瞬間でしたけど、いわばある恐怖を覚えました。あまりそういうことは感じなかったんですけどね、それ以前は。

吉田　士官が自分の保身とか、自分の利己的な動機でなしにやったことは、部下だって士官の規律に服さなきゃ隊の形をなさないから、原則としてついてくるということはいえるんじゃないですか。

わたしも四国の須崎で終戦になったときに、ほんとうに、その時まだ若造で、老練な下士官の実力者なんかがいましたけど、まあ、自分が責任を全うしようと思ってやってることは、一応なんか言いますけど、最後まで反抗はしませんね。上官になんども反抗したとかで、進級がひどく遅れている兵曹長がいまして、日頃から態度はよくなかったんですが、戦争が終わったとたんに、「わたしあ、もうあんたの命令なんてききませんぜ」なんて言ったりしましたけど、別にどうということはなかったですね。ただしかし、わたしは終戦になって、初めて部下を相当激しく殴りました。それまでは、いつも精神棒は持っていましたが、殴ったことはありません。それは須崎の湾で、士気の高揚と、規律の維持の意味もあって、二〇〇〇メートルの遠泳を毎日やっていたんです。ある日遠泳して帰ってきて、浜辺にずっと並んで体操したときに、少年兵のような水兵が、隊列を乱して、浜に並んで体操を見ていた娘さんと、うなずきあった。それをみんなの目の前でやったんです。われわれ村に駐屯してましたし、終戦後は、隊長として、なによりも隊の規律を保たねばならん、村の人たちの信任を裏切ってはならん、と思ったんです。まだ軍は解散していませんから……。

奄美の現地でも、戦争が終わると、それまで協力していた人たちが急に変わったということを、書いておられますね。

島尾　ああ。島の人ですね。

吉田　ええ。

奄美の場合

島尾　それはありましたね。それはこっちもおそらくそうだったでしょう、本土の方もね。その、どういうんですか、保身の問題とかかわってきますからね。しかし、なかなか難かしいですよ、これは。そう単純ではないですからね。なにか感情が入ったりするし。それからそれまでの、まあ、ぼくの場合でいえば、ぼくの行動というものが、そんなに立派じゃないですから、いろんなことがあって……。負けない前のときならば、スッとまかり通っていたことが、やっぱりそうじゃなくなってきた、というふうなことが、だんだんと出てきましたね。

――あの島の特殊な雰囲気というのは、あるんでしょうか、奄美の島の。普通の町で特攻隊がいるのと、ああいう島で特攻隊が駐屯しているのと……。

島尾　違ったところがあったんじゃないでしょうか。奄美の場合、民俗などの分野でもいろいろ研究されていますけれども、本土の方と、同じものもあると同時に、違った点もあるんですね。信仰の観念のようなものもね、独特なところもありますから。全般として本土の人びとよりやわらかな気持の人が多いんです。敗戦後変わったといっても、それは特殊な人で、だいたいの人はあまり変わりませんでした。自分たちの島を守ってくれる守り神というふうな考え方が戦中は特に強くて、ある意味では信頼されていましたしね。そうではあるんだけど、ちょっと極限の状況が出てきたときどうなったか、ということをぼくは考えちゃうんですね。たとえば、沖縄のような状況ですね。沖縄の渡嘉敷《とかしき》という島に、これは海軍じゃないけども、陸軍の……。

吉田　集団自決ですね。

島尾　あれは㋹《マルレ》というんですかね、陸軍の特攻艇。形は震洋と似ているけれども、違うところは炸薬を艇に装備するのではなく、爆雷を二つ搭載している点です。その爆雷をどのように爆発させるのかくわしくは知りませんが。その部隊がおりましたね、渡嘉敷に。特攻部隊だというので、おそらく島の人たちとは、最初はうまくいってたんじゃないでしょうか。ところが、アメリカ軍が上陸してきてから、いろんな行き違いがあって、島の人たちの集団自決が起こってしまったんです。

——陸軍の特攻隊はほとんど生き残っちゃうわけですよね。

吉田　そうです。

——そこは多少行き違いがあったということでしょうからね。

島尾　だから、ぼくの場合でもそういう可能性は考えられるわけですよ。それを思うとぞッとします。

吉田　そうですねえ。

島尾　その時あの島にいた人たちは、あまり多くを語らないですね。いろいろ状況は錯雑しているでしょうから、そう簡単に整理できないんじゃないですか。

――その特攻隊の隊長が生き残っていて沖縄に行ったときに、お前ら帰れということで、やられるわけですね。

島尾　ええ。ええ。やられましたね。

吉田　でも、島尾さんの書かれたものを読むと、やっぱりあの奄美の島なんか、そういう受け入れの点ではずいぶんよかったんじゃないでしょうかね。

それはわたしも四国の第一線の海岸にいたけれど、第一線というのは、内地と兵隊が一心同体というか、毎日定期的に空襲があって、死ぬときは一緒だ、そういう感じがとても強かったですものね。

島尾　ただ、日本の軍隊や、兵隊の体質みたいなものがあって、その体質の中には、かならずしも好ましくないようなものもありますからね。それが、そういう、非常に特殊な状況、混乱した状況になるとね、島の人たちに対して裏目に出てくるということは、考えられるんです。それと、南の島の人たちに対する、本土の人たちの気持、なんていうかね、南の島だけじゃないかも分からないけれども、周辺に対する蔑視みたいなもの、それは全然ないとはいえないんですね。

そして、沖縄には、どうしても本土と違う固有の歴史がありますからね。ものの考え方や発想でさえ個性の強いところがあるんですね。そういう所に、本土の軍隊が行くでしょう、その本土の兵隊たちの大方はね、本土と沖縄の歴史の違いなどのことは理解できるわけじゃないし、それから、本土の人が持っているある狭さがあるでしょう。だから、これはぼくの部隊での体験から考えて、そうじゃなかったかと思うんだけれども、島の人を、やっぱりどこかで疑ってるという感じがあったと思うんです。つまり、島の人の考え方はちょっと違うから用心しろというふうなね……。

だからほら、いま沖縄の戦争に巻き込まれた人たちが当時を回想するときに、アメリカ兵より日本兵の方が怖かったというようなことが出てくるんです。

―― いろいろ作品を読ませていただいて思うんですけれども、つまり特攻兵である自分と、それから特攻艇をまとめている、隊長である自分と、それから島を統轄する責任者としての自分と、三通りのいき方がありますよね。それをどういうふうに自分の気持の中で整理するのか、考えていらっしゃるのかということが、一つ関心がありますので……。いつも下士官、兵隊の目を意識しなきゃいけない自分というものを……。

島尾　ちょっと一つ弱い、アキレス腱がぼくにあってね。そういう時期に、まあ、恋愛なんかしちゃって（笑）。そしてときどき、隊を抜け出すということをやっているので、あまり（笑）そのえらそうなことはいえないんですけども、結局、ぼく自身が特攻兵でしたから、いよいよ決定的な状況になるというと、艇に乗って出て行っちゃうということですね。それがやっぱり第一番のことでしたね。

吉田　そうでしょうね。免責されますよね、それで。（笑）

島尾　ちょっと免責とも違うんですけれども、頭の中を占めていたのは、やっぱりその事実の重さでしたね。

吉田　先頭切って行かれるわけでしょ。最初に出て先頭切ってね。それは強いですね。

島尾　とにかく出かけて行って、どれだけうまい戦闘ができるかどうか分からないけれども、なるべくうまく当たって、よけいに敵艦を沈めてと……。そう考えていました。

それとまあ、ぼくは指揮官ですから、指揮を取らなくちゃいけない、舵は取れないから指揮艇には二人乗るんです。それで適当なところで、操縦の下士官を突き落とそ

うと思ってはいました。あまり敵艦のそばに行かないうちに突き落としちゃって。（笑）

――けれど、ほんとうに適切に指揮をして、適切な戦闘指揮ができるかどうかということを、ずいぶんお書きになっていますから、なんていうか、自分に対して良心的というか……。

島尾　いえ。それは絶望的でした。それは自分で分かりますから、自分は戦闘がそんなに上手じゃないということはね。もしかしたら、なんかわりにうまい作戦ができるんじゃないかと考えないでもなかったけれども、しかし、まず大したことない。それよりもね、震洋艇そのものを考えたら、とても効果なんか期待できたものじゃないんです。しかし、まあ、できるだけやるしか仕方がない、という気持はありましたね。かなり絶望的でした。その兵器の能力や効果については。

吉田　わたしの場合は、いざ死ぬ間際になって、うろたえたくないという、恥ずかしい振舞いだけはしたくないということはありましたね。とても自分の腕なんか、値打ちがないんで……。で、戦闘が始まってみたら、全体の環境というか、全体の空気ですね。戦闘というのは、ともかく肉体労働ですよ。敵の爆弾や機銃弾がどんどん飛んできたら、やれるだけやるしかない。

だから当直をはずされて、自分の部署をはなれて待機している連中は、ずいぶんいろんな苦労があった。戦況がいっさい分からずに、今やられるか今やられるかと思って一時間もたつと、緊張のあまり神経がすり減って、死人みたいに瞳孔が開いちゃうのもいました。艦橋のような戦闘配置に防空壕がないというのは、恐怖心にかられる余地がないということで、有難かったですね。

島尾　でしょうね。分かるような気がしますね。やっぱり耐えられないんでしょうね。配置がないというのは、これは惨めですよ。ぼくの場合はですね、まあ、なんとかやれるだろう、やっぱりせめて、敵艦のそばまで行き着きたいというふうには思っていました。なんか途中で事故でもあるとね……。

——それは隊長としての責任感ですか。

島尾　うん。責任感といえば責任感でしょうけれども、それが任務であり仕事でしたから。

吉田　それまでやってきたことの、決着をつけるみたいなね。自分に対して、これだけ自分がやってきたということを、曖昧にしたくない、うやむやにはしたくないという感じは、わたしもありましたね。

島尾　それは中にはですね、憂国の感情みたいなものを持っていた連中も多かったと思いますよ。どういうんですか、国のためにという、そういうものを非常に強く表面に出していた人がいたと思います。

ぼくはどういうんですか、文学青年でしたから……。

生き残った者の後ろめたさ

吉田　しかし、そういう形で死ぬということが、非常に心残りというか、そういう感じはあったですか。

島尾　それで死ぬ?

吉田　つまり文学青年なのに、ですね。わたしはそういうことありませんでしたから、そういう意味じゃ無色ですよね。しかし、島尾さんの場合は、本来兵隊として海の底に沈んで死んだりするはずはないというか、なにか自分なりに志したことがあったのに、それが挫折する、やむを得ずそういう形で志を捨てざるをえない、とてもこれでは死にきれない、という感じはありましたですか。

島尾　死にきれないというところまで考えつめた、そういう強いものじゃなかったですけれども、なんかやっぱり残念というか、まあ、ひどいときに生まれ合わせたものだなという、そういう無念さはあったような気がしますね。

――そうすると、敗戦になったということは……。

島尾　ですから、これはあの頃のぼくら魚雷艇仲間とちょっとずれるかも分からないけども、むしろ非常にこう、力が出てきたんです。なんか分からないけれども、よしッ、これは文学が思う存分できるぞと思ったんです。文学ができるっていうのもおかしいけれども、具体的にいえば、まあ、同人雑誌をやろうという（笑）。非常にちっぽけな考えだけれど。そのためには、自分が生きて、いろんなことが見られるんだから、たとえば本土にもっと原子爆弾かなんかが落とされていて、というか、ほんとうにむちゃくちゃになっていた方が、なんていうかな、その方がかえって生甲斐があるという気持さえ持ちました。だから、どんなになっていたってかまわないんだ。家族が全部死んでいたって、かえってそれをじッと見るのだというふうな、なんか、そういうたかぶった気持がありましたねえ。

そして帰ってきたところが、一向にその（笑）変わりばえもしなかったし、力も出てこなかったんです。もう、どういうんですかね、考えても、ほんと、つまらない日々を送りましたね。やっぱり一種の虚脱……。

吉田　はあ。そうですね。

島尾　崩れというか……。

吉田　文学をやるということになれば、何を書くかということがありますね。そうすると、戦前の自分というものを持っていらっしゃる方は、断絶はあったにしても、そこにつないでやっていく。われわれは、戦前はなきに等しいですから、そういう意味では無色で、戦後に始めたようなもんですけど、やっぱり戦前から持っていて書こうとなさったことが、思うようには戦後社会の中で形をとってこなかったわけですか。

島尾　とってこなかった。そして、爆撃で町はやられているとか、いろんなことがありますけれども、なにも変わっていないんじゃないか。これは変わっていないんだな、そういう感じがじわじわじわじわっと、こう……。

吉田　戦争直後からですか。

島尾　そうですね。

吉田　ただ世間では、町はうんと変わったんだ、ということになっていますね。

島尾　それは今まで家が建っていたのが、野ッ原《ぱら》になっちゃったから、アレ、神戸ってこんなに狭かったのか、という、それはありましたよ。なににしたって、戦前とは違うんだけれども、しかし、なにか変わっていない……結局また戦前と同じような倦《けん》怠《たい》感みたいなものがね、軍隊へ入るまではしょっちゅう倦怠感ばかり感じていたんですけど、それがまた戻ってきちゃったですね。なにも変わってないみたい。

吉田　その時は、戦争が終わったということで、浮き立つようなものがですね、世間の空気にはあったと思うんです。そうすると、初めからそういうものには乗らないで……。

島尾　乗れなかった。そして、いまそのことをとても残念に思っています。ある意味でいえば、非常にいい状況があったわけですよ、よく見ておればね。

吉田　わたしどもは、その時、戦前は何もなかったですから、戦後の生活にわりにすっと入ったんですけども。それで、結局戦後の日本を建て直すということで、自分なりに銀行マンとしての仕事をやり、戦後の経済復興のようなことにもつながってきたつもりです。

だけど、どこかこう違っているといいますか、つまり戦争が終わったときに、大事なことが欠けていて、それをそのまま何も手をつけずにね、戦後の日本が新しくなった、どんどん発展していった、という感じですね。その欠落したものは、やっぱりいつかはかならずもう一度ですね、問い直さなければならないときがあるんじゃないかということが、どこかにわだかまりとして残っていましてね。しかし、なかなかそれを的確に、こうだと言うことができないし、言うだけの用意がない。そういうことで、かなり長いこと沈黙してきた感じがあると思うんです。わたしどもの世代は……。

それはほんとうにあの時、戦中から終戦にかけて、日本人が苦しんだ、何のために、何を願って苦しんだのか、ということですね。あの時、終戦の混乱の中で、一ぺんに、いろんなことが全部捨てられた。日本人は世界の中でどう生きるのか、どんな役割を果たそうとするのか。そんな問題も、いっさい棚上げされてしまった。なにかそこに重大な欠落があったんじゃないかという感じが、三十数年間続いているということなんです。

今、その時もっとよく見ておけばよかった、残念だとおっしゃった。しかし、島尾さんが、そういうふうに戦後をスタートされたということは、やっぱりそこに必然性があったというか……。

島尾　何ですかねえ。戦後はなぜか眠っていましたねえ、ぼく自身。それにはやっぱり、その生き残ったということが、さっきのなんていうか、生が突き上げてくるような、生きているという、そういう感じを持つと同時に、自分が完全に胸を張って、戦後に生きる理由というのが、どうしてもつかめずに、なにか少し後ろめたい気持が、消せなかったですね。

吉田　そうですね。

島尾　とにかく、戦争に参加する姿勢を取って、そして特攻隊でやるつもりでいたのに、周囲のいろんなことが、こうなったからといって、そのままお前生きていていいのかという、そういう感じがありました。それがなかなか、自分を納得させることができないままに、なしくずしに戦後の世の中の移り変わりに合わせてきましたからね。その辺もすっきりしなかったような感じがします。

——吉田さんは早い機会に戦争体験を書かれていますね。二十年の秋ですね。

島尾　吉田さんは二十年の秋ですか。

吉田　ええ。それは、十月の中頃に初稿を書いていますね。ただ、わたしのは、忠実に戦争の中の自分を再現するようなことですから、むしろ終戦からあまり時間がたったのではいけないし、それから戦争が終わるまでは、戦争の記録を書こうということは、全くもう頭にありませんでしたから。その頃がぎりぎりの時期だったと思うんですが、島尾さんは二十一年頃から、奄美の経験を扱った「島の果て」の初稿をお書きになって、それから「出発は遂に訪れず」が三十七年ですね。十五、六年以上も同じような主題をずっと追っかけておられて、そうすると、今いわれた、わだかまりのようなものは、現在もまだ少し尾を引いて残っているわけですか。

島尾　どういうことになりますかねえ。ふだんはあまり考えませんが、全然取れてしまったともいえないでしょうね。なにかもっとすっきりした身の処し方というものが、あったんじゃないかなという気持は、なかなか取れませんね。しかし、それは恐ろしいことで、なかなかできそうもなかったことですけれども……。

吉田　外国の、特にアメリカなんかの、われわれと同年配の戦中派、戦争を経験した人たちは、どうもそういう陰影みたいなものはないですね。

島尾　ああ、そうですか。

吉田　そのことがずいぶん気になったことがありました。彼らはむしろ逆にその経験が一つのエネルギーになっている。ケネディなんて人の存在はそういうことだと思うんですけど。しかし、なんか、戦後の日本がやってきたことの中には、わだかまりというか、陰影が尾を引いていて、だからいまだに敗戦という事実につながっているんじゃないかという気がするんですが……。

島尾　その日本人の発想の中の、なんかこう、陰湿というか、暗い、そういう考え方から、ぼくは抜け出したいという気持が強いんですけど。どうですか、やっぱりこう、武士道というのがあるでしょう。その時代によって、侍のものの考え方は変わってきているでしょうけれども、特に徳川時代にこしらえられた侍の考え方みたいなもの、そういう考え方から、われわれ日本人は自由になれないというふうなところがありますね。実をいうと、ぼくはその武士の考え方というのを、そのまま受け止めたくないんです。もっと自由な考え方をしたいんですけれども、なんとなく、引っかかりますね。

吉田　武士道ね。わたしは、あまり関心がありません。戦争末期の海軍は、武士道的なものがもうだいぶ薄れていたんじゃありませんか。ところで、わたしなんかの場合は、じゃそういうものがなければ、特攻の経験や敗戦の意識がなければ、非常に戦後の生活がすっきりとして、もう少しましなことができたかというと、どうもやっぱり戦争を経験したことの重要な意味の一つは、どうもそういう後ろめたさの実感にあるので、今でもそれから逃れられないで、結局いまだに何かやってるという、そういうことに意味を見出していかなきゃいかんのかな、という気がするわけです。つまり、何をどうしたら、それがふっきれるかということは、なかなか出てこないですね。

島尾　そうですねえ。

吉田　島尾さんがお書きになってきたものも、今いわれたようなことが、一つの母胎みたいになっていますね。

徳之島の慰霊碑

――島尾さんは予備学生の頃のことにはほとんど触れられていませんね。

島尾　訓練時代のことを文章に書きたい気もしているんですけども、なぜかその頃のことは、すっかり忘れちゃっているんですね。いま、三期の、ことにぼくたち水雷学校の艦艇班を出た連中は、第一回魚雷艇学生という呼び名がついていたものですから、それを取って一魚会という会が作られているんです。ときどき集まるんですけどね。昔の気分を変えない人も多いんですね。

吉田　多いですね。

島尾　普段の生活ではそうじゃないのかもしれないけども、しかし集まると、あまり変わっていないんですね。

吉田　今では、彼らの気持の中で、よき部分になっているんじゃないですか。

島尾　そして隠語みたいなものまでみな覚えてますしね。海軍時代のいろんな細部もよく覚えているんです。しかし、ぼくは忘れちゃってるんです。女房のことをKA《ケイエー》といったりして今でも使っています。あッ、そういう言葉もあったなと思い出したりするんですが。みんなが集まって、どこかに行こうというときに、旗を上げるでしょう。われに続けとかなんとかね。また不関旗一旒を上げるとか。「あれ？　なんだったろう」と思ったりする。みんなはよく覚えているんです。

吉田　ものすごくいま盛んですからね、海軍の集まりが。

島尾　あなたの方もありますか。

吉田　年々盛んですね。ほかの人が見たら、ずいぶん妙なものに見えるでしょうね。

本人たちはそれほど他意のあることではないんで、わりあい無邪気なもんですけど。
島尾　そうなんですよ、無邪気なんです。懐しいんです、その会に行くと。
吉田　一番利害打算がないというか……。
島尾　そして、社会的にいえばいろんな階層の人がいるし、考え方も右から左までずっと幅があるわけですけどね。
吉田　学生時代の仲間とは、また違う感じで。
島尾　ぼくなども社会の体験というのは、やっぱりその時しかなかったんです。さっきもちょっといいましたけど、ぼくが世間のことを覚えたのは、軍隊の中でだったというか。そして、吉田さんのように、ほんとうに濃縮された、そういう経験じゃなくて、いってみれば、日常のただ場所が変わっただけで、それが軍隊というところだったんですが、鳥は啼《な》くし、ユリの花は咲く。村に行けば島の娘たちは美しいし。そして何をするのかといったら、突っ込んで死ぬという、そういう訓練でしょう。妙なぐあいだったんですね。そして、単なる練習だとかなんとかというんじゃなくて、やっぱり実戦なんですからね。なんといったって前線基地ですから、ふだんの規律は大目にみられて、わりあいに自由になっていたんです。だから、みんなわりあい娑婆っ気も出していられたんです。その中で学校を出ていたのは、ぼくと、あとで一人四期が艇隊長配置で来ましたけど、それから衛生兵に一人、主計兵に一人、あとは全部そうじゃなかったんです、ぼくの隊は。

吉田　娑婆では、いろんな商売していた人たちですね。

島尾　そういう人たちです。それから兵曹長、あれは海千山千の連中でしょう、海軍の。大変なものでしたからね（笑）。何でも知っているんだから。ときどき従兵のいる部屋に行って、どこか隅っこにちょっと手を突っ込むと、そこからいろんな面白いものを出してくるんです（笑）。もう隠す物も場所も先刻御承知というわけです。そういう連中の中に学校出たてのぼくがぽつんと一人入っているわけだから、彼らにしてみたら、御しやすかったろうなと勘繰るぐらい……。

吉田　まあ、扱いやすい大将ですな。それに比べれば、下士官なんか、きっと村の人に頼まれれば、ちょっと工作していいものをやるとか、それでモテるとか、そういうのもいたでしょうね。

ところで、わたしどもが沖縄に向けて出たのが四月ですけど、かなり迂回しましたから、奄美諸島の沖合いを通ったわけですが、あの時はあの辺におられたんですね。

島尾　そうです。大変な火柱が立ったと思うんだけども、気がつきませんでしたね。
吉田　徳之島に慰霊碑があります。
島尾　あなたの本にも徳之島の西方と書いてあったけれども、あれはなんかそんなふうないい方をしていたんですか。
吉田　それはいろんな問題がありまして、正式には東経何度、北緯何度ということなんですけれども、駆逐艦に拾われて佐世保に帰ってから、沈没位置を推定したときに、当時は海図もかなり杜撰《ずさん》だったし、いろいろ線を引いてみると、どうも徳之島が一番近いだろうという推定になりました。距離はどのくらいかというと、いくつか数字があったり、間違いもありましたが、ほぼ二〇〇カイリということになっています。
それで戦後十年ぐらいして、徳之島出身で東京にいる人のグループがありまして、そこから、もしそれが事実であれば、徳之島としてはほうってはおけない、何か慰霊碑のようなものを建てたいと申し出があった。ところが、どうも沈没位置が違うという噂もある。そこで自衛隊に行っていろいろ調べてもらいました。水中聴音器なんかで測定したんですけど、あそこは水深が四〇〇メートル以上ありまして、かなり海流が流れているんですね。水中聴音器の測定だけでは、どこが至近距離かは決めかねる。

結局、徳之島が非常に熱心で、特に沈没位置の方向にある伊仙町というところの町長さんが中心になっていたものですから、ほかに競争相手がいないんで、徳之島が一番近いとしても、これは誤りではないというところまでいきましてね。

そこで伊仙町が当時百万円の予算を計上して計画にとりかかろうとしたら、すべてこういう問題は政治家の耳に入りますから、伊藤さんとか迫水さんといった代議士が奔走して、結局二千五百万ぐらいの資金を集めて、慰霊碑を造りました。場所は伊仙町の犬田布岬というところで、方角も島の西北の方だし、天然の広い芝生があって一番いい場所です。

その時、われわれもその話を聞きまして、これは慰霊碑なんだから、観光的な施設はできるだけなくしてくれ、少しでも晴れがましくない方がいいんだ、戦死者の霊が慰められるようなものにしてくれ、と言ったんです。まあ、できたものは大きいものですけど、簡素なもので、裸かのコンクリートの合掌造りだし……。

島尾　そうですね。

吉田　「徳之島航海記」を拝見しますと、東海岸の泊地に入られるわけですね。あの辺はいまと変わりないですか。

島尾　変わらないです。

島尾隊長と島民たち

――「徳之島航海記」では、島尾隊長は厳しい隊長ですね。

島尾　……。（笑）

吉田　しかし、わたしも内火艇を指揮して、瀬戸内海ですけど、よく歩いたんで、実に気分がよく出ておりますねえ、船の動きの一つ一つが。

――出発時刻に遅れる兵隊とかね。

島尾　ぼくはどちらかというと厳しさはなくて甘かった方だと思いますが、殴りもしました。ひどいのがいてね。自分の班員の金をまき上げたりする下士官だとか。

吉田　それを書いておられますね。南の島、わたし全然知らないんですけど、やっぱり南の島だったら、自然の風物は格別にきれいでしょうね。

島尾　きれいですよ、ほんとうに。鬱陶しい日々でしたけれども、あんなに自然と密着して暮らした日々というのはなかったです。もう月の満ち欠け、それから潮の干満、全部身体に密着しているみたいで。すぐ海のそばに住んでいたんですから。それは軍艦でもありますね。

吉田　夕方に、風が吹いてくるなんていうと、たまらないですね。それは軍艦でもありますね。また、海というのはいいですからねえ。

戦後また奄美に戻られたのは、そういう思いもあったんですか。

島尾　戻ったのは、全くそういうことじゃなくて、家内が病気をしたものですから。あなたのを読んでいて思い出しましたよ。「総員死に方用意！」というのね。ああいうのは面白いですね。

吉田　そうですね。軍隊用語には一種独特のユーモアがあって、ちょっと誇張していって士気を鼓舞してみたり。

島尾　内火艇の達着訓練なんていうのもありましたね。副直将校の勤務がいやでしょう、あれは。カバンをぶらさげて……（笑）。ぼくは軍艦というものに乗ったことがないんです。一度佐世保で震洋の訓練をしているときにこんなことがありました。川棚で部隊を組んでからのことですが、針尾瀬戸を通って佐世保の方に行ったんですよ。そうしたら軍艦が停泊していたんです。その周辺で訓練するんだから、あいさつしておかにゃいかんだろうと思ってね。なんていう名の軍艦かも知らないんですが、舷門に震洋を着けてタッタッタッタッタッと昇って行ったんですね。そうしたら、タラップのすぐそばの甲板に、艦長以下何人かの高級将校が日なたぼっこしていたんで、アワくっちゃって……。(笑)

吉田　当直将校が舷門におりましたでしょう。

島尾　ええ、いました、いました。

吉田　軍艦も、やっぱり走っているのは美しいし、力強さと美しさの調和みたいなものがある。独特の魅力がありましたね。大和なんていうフネも、とにかくきれいなフネでしたから。機能的に優れたものは、それだけで美しい。乗っていて、われわれも軍隊は実にいやだったけれども、ああいうフネは、乗組員に、ここで死ぬなら本望だなあ、という気持にさせるものがありましたね。停泊している軍艦というのは、どうも面白くないです。

島尾　横須賀あたりに、もちろん停泊したことはあるでしょうけど、なんか見たような気がしますね、大和を。ちょっとラクダみたいな感じ。

吉田　ラクダね。もともと呉のフネですから、わりあい瀬戸内海が多かったんですけども、大きいだけでなくて、シルエットの線が非常にきれいでしたね。

――東京駅の駅舎と同じくらいだということですが……。

吉田　全長は東京駅よりちょっと短いくらいです。その頃は奄美の沖合いを通る軍艦はなかったですか。

島尾　ほとんどなかったんじゃないですか。沖縄に行こうとして途中でやられて、火を吹きながら大島海峡に逃げ込んできて爆発しちゃったり。そういうのが何隻かありましたね。

吉田　徳之島の防備は陸軍ですか。

島尾　陸軍です。

吉田　石垣島に海軍の……。

島尾　震洋隊もいました。話はかわりますが、敵襲のやってくる前に防備隊の近くに入港した輸送船から弾丸なんか陸揚げをする作業にかり出されると、もう怖くて。夜中に兵隊を連れて現場に行くんですが、弾丸をとにかくフネから陸にどんどん出す。やがてしらじらと明け初めてくるわけです。そうすると、ブーン、ブーンと聞こえてくるんです、敵機の爆音が。空を見上げると、もう何百機という編隊が雲霞《うんか》のように近づいてくるんですね。あわてて自分の漁船に乗って敵襲を横目に見ながら自分たちの基地に帰ってくるんですが、そうすると、今まで荷揚げ作業をしていた辺りで、ダッダッダーンと始まるわけだ。

吉田　われわれは戦闘で、二時間それをやられちゃって。島では、島尾隊長は誰からも慕われる「慈父」だったわけですか（笑）。やっぱり予備学生は、なんといったって話は分かりましたね。

島尾　そういうところがありましたね、子供がいれば可愛がるしね。だから、そこが婆婆っ気が多いところかもしらないけど、役場や学校などに行っても、村長や校長先生に対しても、世間なみの応対をしましたからね。

——その頃、兵学校教育というのは、そういう一般的な対応力というか、行政官、地方官の役割りを教えなかったのですか。

島尾　よく分かりませんが、どちらかというと、将校としてのエリート教育でしょうから。しかし予備学生だって兵学校出だって結局のところは人によると思いますけど……。

吉田　兵学校出で優秀なのは、少数だけど、人一倍優秀でしたね、兵学校の教育の枠を突き抜けていいて。それと昔のちゃんとした教育を受けたのにはいい人がいましたね。

でも、戦争末期には彼らも粗製濫造ですから……。

島尾　だんだんね。

吉田　妙な自意識だけあって、という感じはありましたよ。

島尾　あとの方は、威張る方が先という人も多かったね。もっとも予備学生だってまたいろいろでしたんですが。

――そういう隊長を頭に戴く下の人たちはどうなんでしょうか。

島尾　なかなか分からないんですよ、海兵出がいいのか、予備学生出がいいのか。

吉田　でも、やっぱり隊長としては、弱くちゃ困るという感じはありましたね。

島尾　弱くちゃ困るんだ。やっぱりいくら優しくたって、戦闘のとき用にたたなければ……（笑）。部下の方まで怖くなっちゃうですからね。そこら辺が戦争ですね。

――こちらに来るまでに飛行機の中でいろいろ話をしたんですけど、こまかなことを根ほり葉ほり聞きますのは、あの時代の雰囲気というのが読者に摑めないのではないかと思いまして。

島尾　それは自分がその中にいなければ摑めないでしょうね。ぼくはいまの学生のいろんなことが、六〇年安保、七〇年安保などといわれるけど、いつも奄美にいたり、こんな指宿《いぶすき》にいたりして、全然分からないんです。なかなか理解できませんね、どうも。この頃、明治維新のあとさきを描いたテレビドラマの「花神《かしん》」*などを見ていますと、過激派がやっているのはこんなことなのかなあと思ったり（笑）。分からないですね。

〔＊一九七七年に放送されたＮＨＫの大河ドラマ。近代軍制を築いた大村益次郎を中心に、吉田松陰や高杉晋作など維新の原動力となった若者たちを描いた青春群像劇。〕

吉田　テレビはごらんになっているんですか。

島尾　ええ、見ます。いまや自分が、たとえば特攻隊に行ったということが分からなくなっていますね、ぼく自身。ほんとうにそこにいたのかなあという……。いまならとてもとても、もし特攻隊に入れられたら、へんになっちゃいそう、という気持がしますね。

吉田　若くて独身でしたから、それだけでもずいぶん違いますね。わたしの場合は、心残りといえば、おふくろがさぞ悲しむだろう、ということぐらいで……。

戦争体験の意味

――やっぱり三十年という年月の問題なんでしょうか。一つの歴史の一部になってしまったという……。

島尾　さあ、どういうことでしょうねえ。そうはいいましたものの、やっぱりそんなに遠いこと、もう過ぎてしまったことというふうには考えられないんです。なんかいつも同じことだな、という感じはしますね。

吉田　わたしなんか、むしろある時期遠のいて、最近また近寄ってきたような感じがすることありますけど。

島尾　形は変わっているけれども、なんかそういう状況はしょっちゅう起こってるという感じです。だから、時間的な経過という問題じゃないですね。

吉田　まだしかし、何かやり残してやらなきゃならなかったことを、今やっているような感じが、どうもするんですけど……。そういう意識を持ったということは、だんだん自分が年をとったということもあるし、三十年たって、そういう意味では、あの頃の歴史がむしろもう一ぺん近いものになってきたような感じがありますね。

――山本明さんが『展望』に書いていらっしゃる随筆〔一九七七年六月号「戦争の記憶と記録」〕の中で、いままで予備学生とか戦争体験といわれると、いっさい触れたくなかったんだけど、この三十年という時間がたってみると、フッと手を出してみたくなる感じがあると。それは、一つは記録として残したいという気持でしょうか……。

島尾　いろんな意味が分かってきたんじゃないでしょうか。いろいろな経験をして、まあ年をとったということかも分からない。

吉田　そうですね（笑）。戦後の生活も一通りやることはやった。第一回戦が終わったわけですよ、ぼくらは。それはずいぶんあると思いますね。だいたい見当ついたわけですよ、自分の実人生の。（笑）

島尾　わりに客観視できるというか。ああ、こういうものだったんだ、というようなその時はほとんど分からなかったわけですから。中に入っていて、もう……。

吉田　予備学生とか戦争体験とかいうことだけで、いやだったということ。そういうことは、ごく一部の人を除いて、もうなくなりますよ。そんなふうにいうような問題じゃない、もっと全体的なものですからね。だから、確かに毛嫌いしていたような人でも、最近はわりあいふっきれちゃって、集まりにも出てきますね。それはそういうものですよ。戦後ずっとこだわっていたのもよく分かるんだけど、いまとなっては……。

島尾　そういう性質のものは、いつだって周辺にあるわけですからね。そういうことはないとはいえない、あるんだけど、あまり気づかないだけでね。戦争がすんだ頃は、やっぱり予備学生というのにこだわったし、将校、士官だったということにもこだわるし、いろいろ大変だったですよ。

吉田　特攻隊体験のようなものは、日本人だけが集約された形で経験して、しかも、つまり職業軍人だけじゃなくて、ものを書こうというようなことを考えるやつも参加したということは、確かに思いがけないことで……（笑）。やっぱり一人の弱い人間がやった特殊な体験ではあると思うんですけどね。その体験が何であったかを考えるといっても、しかし問題がでかいから、時間がかかるのは当然なんですよ。

島尾　しかし、やっぱりなんかおかしいやり方ですね。ぼくはそう思うね。

吉田　そうですね。確かに特攻というのは。

――　おかしいやり方といいますのは……。

島尾　つまり戦争のことなどあんまり分からない方がいいわけなんだけど、ほんとうに無茶じゃないですか。まあその中に、たとえば、あなたが『戦艦大和ノ最期』に書かれているような陶酔もないことはないけれども、その中で軍人たちが、非常に素晴らしい人間であるというところが出てくるでしょう。しかし、それはみな、戦争するためにある技術を錬磨しているというか、そういうことの中でなかなか面白い人たちが出てくるわけですよ、気持が惹かれるようなね。しかし、考えてみたら、寂しいですね。結局なんだったといったら、あんな無茶苦茶、あんな大きな軍艦をグチャグチャにして海の底に沈めてしまうために、あなたが書いているような臼淵《うすぶち》〔磐《いわお》〕大尉なんていう、そういう人間が出てくるわけですからね。戦争するためにのみある技術を習得するわけですからね。

しかし、戦争というのは、ほんとうに、ぼくは虚《むな》しいと思うね。そして、特攻というのも、そのような戦争の中での一つのやり方だとは思うけれども、やはりぼくは、ちょっとルールがどこかはずれているような気がするね。人間世界では戦争は仮に致しかたないとしても、せいぜいスポーツみたいなところでとどめておくべきですね。特攻は、もうとにかく、最後のところまで、なんというかね……そうじゃなくもっと気楽に……戦争を気楽にするというのもおかしなもんだけども……。最後のものまで否定してしまわないで……。

吉田　死ぬ確率と生きる確率のあいだには適正配分がありまして、戦争が人生の一場面としてあるとすれば、その適正配分の範囲内であるし、……特攻というのは、そういう原則を破るものですね。だから、みんなやむを得ず、無理をしてその中をくぐりぬけるわけでしょう。だから、あとにいろんな問題が残るわけでしょうけれども。

島尾　あれをくぐると歪《ゆが》んじゃうんですね。

吉田　歪まないとくぐれないようなところがありますね。

島尾　それはやっぱり歪んでいるという気がしますね。

――その点について吉田さん、いかがですか。戦争そのものの体験を通して考えられることは……。

吉田　その通りだと思いますね。ただ、ぼくらの学徒出陣の時代は、たとえ歪んでいても、敗戦直前に戦場にかり出されて、なにかそういうものを自分たちに課せられたものとして受け入れて、その中からなにかを引き出すほかはないというような、そういう追い詰められた、受け身の感じがどうもあったと思うんです。そう感じた仲間が多かった。これは事実を言っているので、この事実をどう受け止めるか、われわれ自身がどう乗りこえるかは、別の問題で……。

島尾　その中からやはり水中花みたいな、非常にきれいな人間像が出てきたりなんかするんですね。冷たい美しさを持って死の断崖に剛毅《ごうき》にふん張った人たちなんか。しかし、それに惑わされないで……。だから、そういう一見美しく見えるものをつくるために、やはり歪みをくぐりぬけることが必要というふうなことになると、ぼくはやはりどこか間違っているんじゃないか、という気がしますね。ほんとうはその中にいやなものが出てくるんだけれど、ああいう極限にはときには実にきれいなものも出てくるんですね。そこがちょっと怖いような気がしますね。

戦争について書くこと

吉田　そういうものの全体が、これはもう非常に大きな悲劇なんですね。虚しいんですね。

きれいな軍人像に陶酔しているといわれましたけれど、たとえば臼淵大尉という人間にも、陶酔はしていないつもりでした。そうであれば、陶酔がないように、改めて気をつけにゃなりませんが……。美しく見えるものをつくるために、歪みをくぐることが必要ということは、ありません。自分から進んで、歪みの中に身を投ずるヤツなんか、いませんよ。いい人間もいるから、ますます全体が悲劇なんですね。戦争しているのが、みなよくない人間ばかりだったら、悲劇の底は浅いです。

実際、戦争の中には、いい人間も、悪い人間もいましたね。いい人間が、なぜそんな戦争なんかしたのか。戦争をやらなかったら、どんな人間になっていたか。これは、私たち世代自身の問題ですね。あるいは、戦後日本という社会の……。

いまの若い世代の人でも、観念的には戦争の悲劇性ということをいってのけますけれど、観念だけではなく、それはやはり裏付けを持つという意味で、わたしなんかは、そういう全体を含めた戦争の悲劇の大きさというか、深さというか、そういうことを事実として書いていく必要があるんじゃないか、と思ってます。何であろうとも、それ全体が虚しいということですね。

島尾さん、まだこれからも、戦争のあの頃の経験に基づいて、その延長としての作品を、お書きになる……。

島尾　ええ、ずっとこだわるつもりではいるんですが。しかし気持が先走ってもウデがついていかないもんで……。予備学生の訓練時代、あれもなかなか面白いというふうに思っているんです。それまでにぼく自身経験しなかったことですし、方法としてはうまい教育の仕方ですね。だから、具体的なあの時代の予備学生の教育、訓練という、それを手がかりにして書いてみたいなあと思ったりしているんですが、なかなか……。

吉田　テーマのポイントは、震洋のああいう経験をお書きになったものとは少し違ってくる……。

島尾　少し違ってきますね。

吉田　どうもわたしどもの世代は、特にわたし自身がそうなのかもしれませんけれど、訓練のときのことは、あんまり書けると思う材料がないんですね。

島尾　ないです。

吉田　それが非常にいやでつらい経験だったということはあるんですけれど、なにかそこに、まともな闘いみたいなものがないところが、恥ずかしいんですけど……。

島尾　いや、それはぼくも同じですけれども、そういう中で、やはり書く場合には、何かにしたいわけです。それでいままでなかなか手がつかなくて……。そしてああいう青年の集団生活というのは、擬制というか、本音を隠しているようなところもたくさんあるんですね。

それから、いまの同期生が集まる会とか、それはほかの学校でも同じですが。小学校の同窓生、中学校の同窓生、それぞれの学校の同窓生が集まったときに、ある雰囲気ができちゃうでしょう。まあそれも嘘じゃないけれども、なんとなく浮いているようなものがあるんですね。だから、たとえば恩師ということを平気で言える人と、ちょっとこだわる人もいるわけだし、しかし、まあ、先生がこうだからと言うと、反対しないで、そうしようということになったりしてね。楽しいけれどもまた疲れるところもあるんですね。そういうふうなものが、やっぱり予備学生のときの集団生活の中に出てくるんですね。そこら辺をどういうふうに剝がして書いていくかというのが、難かしいところですね。

吉田　しかし、書かれたら、厳しいものになりそうですね、いまのお話では。何といっても痛いところがありますからね。あの頃はみな無理をして……だから、さっきの祖国のために、同胞のために戦うというのも、自分にそうかけ声をかけて、尻を叩いているようなところがあったと思うんです。そのうちにだんだんそういう心境に追い込まれちゃって、まあ可哀そうといえば可哀そうですね……。そういう教育課程のことを正面から取り上げたものは、ないですね。

島尾　午前陸戦、午後短艇、午前短艇、午後陸戦、陸戦短艇、短艇陸戦で、毎日ほんとうにもう……。（笑）

吉田　その間に、密《ひそ》かに書いておられたというようなものはありますか。

島尾　ないんです。一魚会の仲間で旅順日記とか、それから横須賀の水雷学校の日記をつけている仲間がいますよ。現在やはり仲間の一人が一魚会の機関誌を熱心に発行しつづけてくれているんですが、それにその日記が発表されたんですが、それを読んでいろんなことを思い出しました。そういうものをつけている人がいたんですね。ぼくはもう全然何も……。

吉田　しかし書かないにしても、なにか学生時代から持っていた自分というものが残っていて、それが予備学生としてのいろんな感想を自分の中に刻みつけたというようなことは、あるわけでしょう。つまり自分がそういうものを持っておられる意識のような、感覚のようなものが、文字にしなくても、残っていることはあるわけでしょう。

島尾　それはありますね。それで、海軍生活はごく短い……ぼくは二年足らずですけれど、あなたは？

吉田　わたしはもっと短いですよ。十二月から八月ですから、一年八ヵ月です。

島尾　短いんですけど、なんか染みついているみたいですね。文芸評論家の森川達也という人をご存じですか。

吉田　名前は知っています。

島尾　彼が四期なんです。それで初めて会ったとき、十年ぐらい前だったかな、神戸の三宮駅で会ったんですけど、ぼくを見た最初の印象が、いかにも三期の予備学生という感じだったそうです。戦争中に受けた三期の感じそのままといっていました。

吉田　怖いですからね。三期は、概して柄が悪いんですよ（笑）。なにしろいろんな人がいて、みんなファイト旺盛で、貫禄《かんろく》があって。さっきもいいましたが、そういう年次があると、その下の年次というのは、どうしても相対的におとなしくなっちゃうんですよ、いまだに。

島尾　そして、海軍を悪くしたのも三期なんです。二期までは数が少ないんですね。三期は三千五百人ぐらいいますからね。なんか典型的な予備学生……。

吉田　作家の庄野潤三は四期じゃありませんか。

島尾　四期です。二期は五百人ぐらいでしょう。阿川弘之が二期です。

吉田　あれは教育で高雄かなんかに行ったんですか。

島尾　そうですね、台湾の。あの連中は二期会といわないで東港会といっていますね。

吉田　われわれの辺からちょっと規格品みたいな、徴兵ですから、そういう感じになってくるんですね。

島尾　ぼくらは二期の連中に追い回されたし、二期が教官になってきていましたからね。それと、急に海軍士官が増えたもんだから、柄が悪くなったということもあったでしょう。海兵出の人たちからも軽く見られてね。ところが、だんだん戦争が進んでくると、なにしろ数が多いですからね、特攻には、三期の連中がたくさん出ているんです。それで風当たりがちょっと変わってきましたね。それまで、山船頭などといわれて肩身が狭かったんですけどね。気がついてみたら、自分たちが最前線に並んでいたという感じです。

吉田　三期予備学生に任官の時期が近い海兵の七十三期は、兵学校出の前後のクラスの中でも一番鼻っ柱が強かったんじゃないでしょうかね。やることもやりましたが。

島尾　三期はずいぶんまた豪傑みたいなエピソードを持ったのがいますよ。いきなり長官のところに直接談判に行ったりして、海軍では短絡といって一番いやがることを、ケロッとしてやっちゃうんだから。

吉田　昭和二十年頃に、島の美しい自然に接した生活は、もう一ぺんやりたいと思うぐらいよろしいですか。

島尾　ええ。もう一度くり返すというのもしんどいですけども（笑）、島から受けたいろいろな体験が忘れられなくて、いまだに沖縄とか奄美にこだわっているわけですが。

吉田　わたしが終戦のときにいた高知も、口は悪いけど人情がいいとこでしてね。ずいぶんみんなに世話にもなったし。やはり自然が非常にきれいです。濁酒がうまくて……。

わたしが電探基地を造るために任地に着任するとき、途中にセメント工場の事務所みたいのがありまして、そこへ船を待つあいだちょっと立ち寄った。そこにモンペをはいた勤労動員らしい女性がいまして、その人の書棚に短歌の本が一冊あったんです。短歌には興味を持った時期があるんで、それをスッとわたしが取ってパラパラとめくって、また置いて、そして船が来たから乗った。モノを言う間もありません。
何気なくそうしたら、翌日の朝、一升びんに牛乳の入ったのが届きましてね。そうしたら、従兵がニヤニヤしているんです。どうしたんだというと、びんの口のところに付け文というんですかね、なにか紙がついているんですね（笑）。それをおそるおそる開いてみると、町の牧場の娘さんなんですね。自分はこの事務所に長いことといるけども、わたしの短歌の本を手にとって開いてくださった士官はあなたが初めてです（笑）。わたしども村の民家のあいだに駐屯していましたからね、こんなことではとても先が思いやられると思ったものですから、ほかに若い少尉が二人いたんで、模範とならにゃいかんと……。（笑）
島尾　毅然《きぜん》となって。（笑）
吉田　それで今後女性とは、直接口をきくことをいっさい慎しもうという申し合わせをした。ところが、その晩、隊長の着任祝いということで、女子青年団の人が二人天秤棒にかついで、釣り立てのカツオを歓迎に持ってきてくれたんです。だけど、わたしは直接礼をいえないいんです。今朝決めたばかりだから。（笑）
島尾　いや、それは立派です。（笑）

吉田　先任下士官が、「隊長は大変喜んでおられる」なんてやっているんですよ。当時ほんとうに彼らは、われわれ海軍と一心同体というか、大事にしてくれました。復員するときには、やっぱり女子青年団が舟着場まで送ってくれて、男子の青年団は、ぜんぶ兵隊にとられて一人もいないんです。小さな舟に乗ると、一人が櫓《ろ》をこいで、一人が日傘をさしてくれました。そして全員で、「別れ出船」という歌を歌うんです。

　こんな晴れがましいことが、許されるのか。しかしこれはわたしが送られているんじゃなくて、わたしという人間に象徴された、戦争末期のギリギリの生活、一心同体の友情、そういうものの象徴が送られているんだ、もう二度とこんなことはないだろう、と思って、照れ臭さを辛抱しました。そんなことがあったせいか、戦後二十何年か、かえってなかなか行けなくて、つい最近、三十年近くたってから行ってみました。そうしたら、もうわれわれの存在はすでに伝説になっていましてね。(笑)

島尾　そう、三十年ね……。先ほどうかがったけれど、高知のどこでしたか。

吉田　須崎という、高知から西の方に一時間ほど行くんです。中村へ行く中間ぐらいです。いまは漁港でハマチの養殖で賑《にぎ》わっていますけれど。島尾さんは出身は福島県ですね。

奄美で得たもの

島尾　ぼくは福島県の相馬です。

吉田　仕事の関係で、青森と仙台に合計五年近くおりましたが、特に青森にいたときに、青森は非常に鹿児島あたりと似てるんじゃないかということを痛感しましてね。

島尾　似てるところがありますね。共通語を使うときの抑揚がね。

吉田　言葉もそうですが、県民性なんかもね。無口で、愛想が悪くて、しかし人情はいいとか。鹿児島についてもそういうことをお書きになっていたんで、興味があって拝読したんだけど、津軽のように、陸地の端に住んでいる人は、たとえばこれ以上北の方に行けば、海に落ちちゃうわけなんで、その先はもう行き場がないという、緊張感がありますね。だからなにかが中央から襲ってきたときには、強く抵抗する。特に大きな転換期などには、その緊張感が目立った行動になって現われる。

明治維新前後の津軽藩というのは、東北では一番活発に動いたところなんです。鹿児島も南の端ですけれども、ただ北と南と違うのは、南は開放されているということですね。これは外国との接触が違います。

奥羽越列藩同盟に津軽藩だけが加わらないで手柄をたてたんですけれど、結局中央に出ることなく終わっちゃう。まあロシアとの接触はあったけれども、南のように開放されたものではなかった。ああいう時代には、やはり南の方がいろいろな面で目を開かれていたところが基本的に違うんですが、ただそういう辺境というか、位置が列島の端にあるという相似性は、ずいぶんあるんじゃないかと感じたことがあるんです。古い時代の舟が似ているという話もありますが……。

島尾　刳《く》り舟のことでしょうね。あれは専門家が来たときに聞いたら、そういっていましたね。奄美の刳り舟は青森県のものと似ているって。それだけじゃなくて、なにか似通うみたいなものがありますね。ぼくはなまかじりで日本の歴史を見ているんですけれど、北および南の方と真ん中とは、ちょっと違うんじゃないですか。違うというのは、日本人は昔から倭人だといわれているけれども、倭人というのはぼくは真ん中辺で、北の方と南の方は違うと思うんですね。といっても、日本人なわけですから、基本的には、縄文の長い時代に日本列島人みたいなものができたと考えるよりしかたがないですものね。

ところが、真ん中には倭人という稲作生活を背負った連中が強力に……全然人種的に違うかどうかは知らないけれども、やはり当時からでも、北の方は蝦夷《えみし》といわれていたんだし、南のこっちの先端は隼人《はやと》ですか。だから、それ以前に似たような何かがありながら、真ん中が非常に文明開発が進んだわけですよ。それで端っこが似ちゃったんじゃないかという、そういう感じを持っています。それと地形を見ても似てるんですね。相対した半島が二つあって、片方は進んだ地方とされ、片方は遅れた地方とされているところまで似ているんです。

吉田　どちらも、遅れている半島の方が大きいんですね（笑）。それで遅れた半島から近いところに、三陸の海岸があり、一方は宮崎の日南《にちなん》海岸がある。それから湾の中には、桜島と、こっちは夏泊《なつどまり》半島というのがあって、全く裏返したみたいに……。

島尾　たたんでこう合わせれば合うような感じね。それは単なる偶然だけじゃなしに、やはり地球が動く法則に乗っかってそうなっているんじゃないですか。

吉田　両方とも、その先には島が点々とありまして、千島、あっちは琉球ですね。ただ弧として考えると、太平洋に向かって動いているのは南の方なんで、北の方は縮まるようになっていますからね。

島尾　そうですね。北の方は世界のどん詰まりという感じで。南の方は世界に開かれていますでしょう。明治維新のときに鹿児島藩があれだけ見通しがきいたのは、何といっても、世界を知っていたからですよ。つまり琉球を持っていましたからね。だから、斉彬なんかちゃんと知っているんです。琉球というのは、中世では東南アジアの貿易の中枢ですからね。明《みん》はいろんな事情があってあまり船を出せなかった。それから日本は、まだ南下してませんね。そのときは、琉球王国が東南アジアの貿易を握っていたわけですから。中国や朝鮮や日本に行って、そっちの品物を持ってきて、東南アジアに売り込む。逆に東南アジアの産物を運んできて、中国、朝鮮、日本に売る。その真ん中にいたわけですから、大変だったんです。やがて本土自体が、豊臣秀吉の時代に南下してくる、それにポルトガルの北上がありますでしょう。それで琉球王国の東南アジア海域での活動は衰微させられちゃう。いずれにしろ、沖縄というところはほんとうに面白いところで、世界の先端と繋《つな》がっていますね。それを鹿児島は知っていたんです。だから、ほかの藩よりは目先のきいた動き方ができたんです。そこは、やはり東北とは違うでしょうね。

吉田　そうなんですね。北は縮まっていく、末広がりの元の締まるところみたいな感じですね。

島尾　南の方は開いている。

吉田　最近は津軽ブームというのがありまして、東京なんかでもずいぶん盛んです。しかし、どうも東京の人がもてはやす津軽というのは、わたしども現地に三冬ほど住んだものから見ますと、やはり実体とは違ったものですね。都会人受けするように変形されてます。ああいうものはもっと大事に原形のまま保存されて、日本人が日本全体を自己発見しようとするときまでは、あまり手をつけずに守った方がいいんじゃないか、という気がするんですが。

島尾　岩手県も流行《はや》っていますね、いま。

吉田　島尾さんの本〔島尾敏雄編『ヤポネシア序説』〕ほどはっきりと南と東北が似てるということを書いたものは、あまりないんで、共感を覚えました。

島尾　実に面白いことなんですが、琉球の研究家は東北人が圧倒的に多いんです、嘘みたいに。

吉田　不思議ですね。

島尾　なぜだというと、理由という理由はないんですが、ぼくにはなんとなく分かるような気もするんです、琉球に住んでいますと。つまり真ん中の倭に対する違和感があるんです。それで倭でない蝦夷の東北の人が琉球に来ると、スーッと通ずる何かを感じるんです。沖縄県知事というのは、戦後はみんな沖縄の人がなっていますけれど、戦前は沖縄県人で県知事になった人は一人もいなかったんじゃないですか。みんな本土から来たんです。ことに鹿児島から行ったのは評判がよくない……鹿児島と沖縄というのはほんとうは似ているんですよ。隼人というのは、ある学者は南の人、ハエの人という説もあるくらいで南島ふうな要素が強いんですね。それなのに鹿児島と南の島の人というのは仲が悪いんですね。だから、鹿児島出身の知事は、沖縄の人にとっては好ましくない。一番悪名高いのは奈良原繁〔明治二十五―四十一年の第八代県知事〕で、最後の琉球王などという仇名《あだな》も持っている人ですが、沖縄の人からはひどく反撥《はんぱつ》されているんです。沖縄を愛した知事だと評価されているのは、上杉茂憲《もちのり》〔明治十四―十六年の県令〕ですが、彼は東北、山形県米沢の出身なんですね。

吉田　島尾さんは、東北出身じゃなくて、南の方の出だといっても通ずる、といわれたことがありますか。

島尾　ええ。いま痩せていますが、もう少し太っていたときに、沖縄で沖縄の人かとよくいわれましたね。沖縄そのままといってはちょっとぐあいが悪い。訛りがやっぱり違いますし、すぐばれてしまうんです。しかし、バアちゃんが沖縄の人だといったらそのまま通っちゃいます（笑）。いやあ、あんたは違う、あんたは内地人だ、というふうにはいわれないんです。南島の人と東北の人は顔つきまで似てるんですね。ぼくが家内と神戸で結婚したときに、「妹さんですか」といわれました、近所の人から。なぜそうなのかよく分かんないですけどね。それにビールスの問題があるでしょう。いま正確な知識としては話せないんですが、なんでも日本人のからだの中のあるビールスを検査すると、琉球列島と東北のビールスの型が似てるんだそうですね。そして真ん中が違う。

吉田　奥野健男さんがずいぶんそういうことを調べられたんですね（笑）。対談〔『ヤポネシア序説』収録〕を読んでびっくりしたんですけど。

島尾　彼もとてもそれに興味を持っていますね。

世界の中の日本

吉田　この頃、若い人でヤポネシア論*の共鳴者がわれわれの周りにも大分出てきましてね。わたしが島尾さんと対談するといったら羨ましがられたんですけれども、やっぱり若い人が、これからの日本人としてのいろいろな生き方を考えたときに、なるべく広い視野で、広い展望を持とうとすると、非常に惹かれる発想なんですね。

〔*島尾敏雄の造語。日本列島を南太平洋の島々のひとつのグループとする区域概念〕

島尾　やはり気持は広く持ちたいもんですからねえ。そして、ぼくたちが教育された時代がそうだったけれども、ほんとうに狭い中でしかものが考えられないような、そういう状況があったもんだから。

吉田　日本には孤立していく宿命がある、というと強すぎますけど、第二次大戦までの経緯でも、日本が自分のペースでやっていると、国民が勤勉で伸びる力が強すぎて、世界の中で孤立化していくような条件が、相当あったと思うんです。戦後はわりあい無難に来たんですけど、いま当面する問題を無理に打開しようと焦ると、エネルギーにしても円高の問題にしても、かえってそういう孤立化に繋がる恐れがあるんで、そこで、視点を広げて、世界から受け入れられる道を見つけていかなきゃならないと思うんですね。日本人が自分の安定とか成長とかを考えて、そしてバイタリティを発揮してやっていくだけでなくて、世界に向かって、特に発展途上国に向かって開かれた視野が必要だと。若い人たちは、はっきりつかんでいるとはいえないまでも、そういう危機感みたいなものはあると思うんですね。

島尾　世界の人と並んだときに、日本人だけがなんだか突出して異様だなという、そういうものがありましたね、いままでは。

吉田　そうですね。

島尾　日本人が出て行くと、そこだけちょっと調和が破れてしまうというような。それは問題でしょうねえ。

吉田　そうなんですね。あることには非常に閉鎖的になったり、固執したり、のびのびと、着実に、なかなかやっていけないようなところがありますね。

島尾　だって、戦争でも、日本人のやり方にはそういうところがあるんですね。特攻隊などというものも考え出しちゃうんです。ところが、日本にもいろんな面があって、のんびりしているところもあるんですよ。たとえば沖縄です。沖縄に本土の方から商人が行く、行政マンが行く。沖縄の人は仕事にならんというい方をするわけです。のんびりしすぎててね。それはそういう面もあるんだけれど、広い目で見れば、日本の多様性の中の一面なんですね。だから、沖縄の人から見ると、本土の人はせわしないんです。たとえば、東京の辺りでは、周囲が全部、沖縄の言葉でいうとヤマト、ヤマトンチュ（本土人）というんですが、その数が絶対に多いからコンプレックスを感じざるをえないんだけど、沖縄の人にとっては、ヤマトンチュはいかにも忙しそうな、それからなんというか、どこから突いてもスキがないような、油断のならない人間のように見えるんですね。本土人は本土人でまた沖縄はなまけ者だ、とみんなそういうことをいうでしょう。しかし沖縄には本土とちょっと違った発想の世界があるんです。

奄美というのは沖縄に近いわけですが、そこで二十年ほど住んでみると、両方とも日本なんだ、と思いますね。本土が本来の日本で、沖縄・奄美はちょっと異族じゃないか、というんじゃなくて、両方とも日本で、日本というのはもともとそれだけの広がりを持っているんだという考え方をしたいんです。

東北というところも昔から疎外されてきたし、なんといいますかね、明治以後はよけい中央に出にくいところでしたね。九州は明治以後も中枢にすわったんだけれど、九州人から見た東北人は、無気力にして不甲斐なし、だったんですね。熊本出身の政治家がいった言葉ですが、ぼくはそれはやっぱりその通りで、それはヤマトの連中が沖縄に来て、沖縄はなまけ者だというのと似たようなものがあるんじゃないですかね。あれは佐木隆三さんでしたかが書いていたんですが、久米島かどこかに行ってバーに入ったとき、あんたはヤマトンチュだといわれたので、なぜだと聞きかえしたら、さっき走った（笑）。

吉田　しかし東北の人は、誇りを内に秘めているんでね。だから、黙っているけれど、東北人を批判するのは、とても難かしいところがあるんですね。北海道にはまた明治以来の開発の歴史がありますから。東北だけがちょっと谷間みたいで、ハンディキャップが大きい。北海道は言葉は標準語ですしね。

島尾　東北を飛ばしちゃってね。

吉田　もし無気力だとしたら、そういう弱点がどういう形で出てくるかが問題ですね。それよりも、東北の独自のもの、たとえば、文化的なものにしても、土地の若い人が、少なくともこれまでは、軽んじてきたんじゃないかと……。

島尾　表面は、そうだと思いますよ。しかし、実際にはなにかあるんじゃないでしょうか。ぼくはあっちこっち歩いているもんですから、そんな目でどうしても見がちになるんですが。戦争のときも、攻略には六師団を使って、そこを占領したあと守備に回るようになると、二師団と交替させたという。どこまでほんとうか知らないけども、それは考えられるんですよ。なにかそういう性格はありますね。変わり身が遅いですね、東北は。現実を見てパッと対処するという、その反応は遅いですね。その点、何といっても鹿児島は速いんです。明治維新の状況を見ても分かります。殴られる前に相手を殴っちゃう。東北の方は殴られてしばらくしてから、「あいたあ、チクショウッ」と、こういう方ですね（笑）。即座にはどうもうまく対処できない。

ぼくの部隊にはあっちのもこっちのもいたんで、東北のが当直に立つと、「しょくず、しょくず（食事）」なんていっていたけれども（笑）、「お前ここへ立ってろ」というでしょう。そうすると、東北の人はほんとうに、いつまでもそこに立っているんです。雨が降ろうが何しようがね。九州の人だと、雨が降ったりすると、適当に避難して、やんだらもとのところに戻っている。士官が来たらテキパキと状況を報告するんです。東北の方はずっとそこに立っているんだけれども、モタモタして……。（笑）

吉田　相馬というのは東北の中では、浜通りで関東につながっている……。

島尾　入り口です。だから、大分関東が入り込んでいます。あそこはちょっとグジャグジャですね。しかし、福島県の中でも、よくいえば根性がある、悪くいえば根性が悪いというのは、会津と相馬ですね。なぜ相馬のような小藩がそうかというと、あそこはあんな街道の途中なのに、頼朝の安堵《あんど》以来大名が国替えにならない珍しいところなんです。まあ島津は分かりますね、端っこだから。対馬の宗氏も最初から変わっていない。相馬のような不安定な場所で大名が変わらなかったというのは、ほかには聞かないですね。戦国時代もあるし、いろんな理由で亡びてしまうとか、それから徳川時代になったら、徳川氏はどんどん国替えさせましたからね。それで結局、相馬は動かなかった数少ない大名の一つです。よっぽどうまく立ち回ったのか、生き残るための知恵があったのか。そして先祖は将門だといっているでしょう。へんなところです、あそこは。六万石の小さいところですけれどね。まあ、人間は意地悪かもしれないなあ……。

吉田　仙台なんかと距離が近いけれど、ずいぶん違いますね。

島尾　仙台の伊達との関係なんかも、ずいぶん危いところまで行きながら、うまく切り抜けて……。伊達郡というのは相馬郡とくっついていますからね。仙台の伊達もももともとはその辺りから出たんでしょう。

吉田　奄美という所は、沖縄なんかとはまたずいぶん違いますか。

島尾　それは違いますね。奄美は薩摩藩時代からその直轄になって、明治になってもずっとそのまま鹿児島県でしょう。まあ戦後八年ぐらい琉球政府下で沖縄と一緒になりましたけれど、だいたい鹿児島と密着しているから、奄美から南の、たとえば沖縄の方から比べると、ずいぶん本土化していますね。しかし、基底のところはやっぱり本土の鹿児島とは違って沖縄に似ていますね。言葉が全然、奄美は琉球方言ですからね。琉球方言の中でも、沖縄と一番近いんです。宮古とか八重山の言葉はもっと遠いんです。ですから、奄美の方が沖縄に近いんです。

吉田　わたしは沖縄に一度、四、五年前に行って、石垣のそばに竹富島というのがありますね。いい所でしたねえ。

島尾　時間の観念がなくなっちゃうような。

吉田　この世にああいう島があるかという気がしましたねえ。

島尾　奄美も、もともとはああいう感じの島だったんです。

吉田　島尾さんのおられた加計呂麻島というのは人口はどのくらいですか？

島尾　どのくらいですかねえ、千の単位も低い方でしょうね。もうだんだん過疎になっているんですが。戦争中行ったときは、ちょっと竹富島みたいな、そういう感じがしていました。

吉田　どこの誰それというのが全部分かっているわけですね。

島尾　なんか気が遠くなるような静けさがあってね。

戦争の中の日常

吉田　加計呂麻島に戦後何回ぐらいいらっしゃったんですか。

島尾　そうですね、少なくとも五、六回は行っていましょうね。

吉田　そのたびごとになんとなく違いますか、雰囲気といいますか。

島尾　ほかのところの変わりように比べたら、変わらないといってもいいかもしれないですね。最近道路など整備されましたから、外観がいくらか変わりました。昔、部隊があった辺りで道路がつけられた所は、残っていた洞窟は破壊されましたからね。

そのほかはまだまだ昔のままですね。

吉田　いまでも隊長さんということで覚えている方は、ずいぶんおられるわけでしょう。

島尾　まだおりますね。そして、「島尾隊長」に行きましょう、というんです。本部があったところの地名になっている。（笑）

吉田　わたしの一期先輩で、主計中尉でヤップ島〔ミクロネシア、カロリン諸島西部〕にいた人がいまして、ヤップでずいぶん苦労したんです。そして三十年ぶりに訪ねたんですね。そうしたら、いい年をしたおじいちゃんみたいのと道で会ったところ、口をモグモグさせて、突然「庶務主任！」と叫んだそうです。（笑）

島尾　それですよ。東京に来てしばらくして初めて島を訪れたとき、ある家を尋ねたら、おばあさんが出てきて、「隊長さん！」というんです。そして、部屋の奥にいた自分の夫のおじいさんを呼ぶのに、なんとかかんとか、島尾さんが見えたよと教えているんですが、うまく通じないもんだから、大声で叫んだんです。「島尾隊長！」おじいさんがびっくりして出てきて、とても懐しかったですね。

吉田　なんとも羨ましいですね。われわれの特攻艦隊の経験なんか、ひどく異質で。

自分という個人の存在が、ほとんどなかったんですから。
それにしても土地の方にとって、そういう緊迫した情勢のときに、そこに駐屯していた海軍の存在は、ずいぶん大きかったんでしょうね。

島尾　と思いますね。そして悲惨なことがありませんでしたから、幸いに。

吉田　だから、隊長さんという存在は特に重要であった。その頃の自分たちの生活を象徴する最も大きなものの一つというふうにね。そして、象徴としての意味は、今も変わっていないんです。わたしなんかも三十年たって頭が白くなって、もう初老ですから、昔を知っている方に申し訳ないと思って（笑）。その人たちの前に出ると、どうも自信が出ないんです。

島尾　そうそう、そういう感じはありますね。

吉田　伝説を壊す……。

島尾　そうです。それでその当時の娘さんたち、いまはおばあちゃんになりかかっているんだけど、そういう人たちが集まると、島尾隊長の歌を歌うとか、そういうことをやるみたいです。世代が新しくなると、もう頓着ないですからね、分からなくなって。

吉田　途中が途切れてても、パッと歌が出てくるんでしょうね。

島尾　当時を知っている連中が集まると歌うんだそうです。一度、その島の人が亡くなったんでお葬式に行ったんです。一人の男の人がぼくの顔をしげしげと見て、「あなたがあの時の島尾隊長？　ほんとうですか？」っていぶかしがるんですね。往年の面影がないんです。その人の記憶の中でぼくはもっと勇ましかったんでしょうね。

吉田　太っておられたんですか。

島尾　太っていました。ぼくが太っていた時期というのは、軍隊のときしかありません。

吉田　ぼくは当時五五キロですからね。海軍で一番好む目方なんですよ。重すぎない方が軍艦はいいんですから（笑）。大きいのはラッタルものぼりにくいし、ハンモックで寝るのも困る。

島尾　食事のときも左の手は食卓の上に出さないでからだにくっつけてぶらっと下げたままでしたね。場所を取らないようにという理由なんです。

吉田　従兵がご飯をよそうのに、飯茶碗に手をつけてはいけないから、お盆の上に茶碗を載せて手をふれずによそうんですよ。

島尾　そういう記憶はありますね。ぼくには従兵が一人ついていたんですが、それはとても極楽でした。「おい、風呂に行くぞ」といえば、ちゃんと洗い桶を持ってついてきますから。黙っていても、脱いだものはきちんと片づけてくれる。

吉田　わたしも四国にいたとき同じようなことがありまして、従兵が湯かげんを見て、「入浴用意ヨロシイ」。それからタオルをサッと湯槽の横にかけて、石けんの箱を半分あけて待っている。湯の中に入ると、「湯かげんいかがですか」といって、適当に水をうめたりする。

島尾　湯槽から上がれば、すぐ背中を流してくれる。

吉田　わたしは軍艦のときは全然そういうことなかったですから、ちょっと違和感があった。そして、「お前はシャバでは何をしていたか」というと、「八百屋をしておりました。子供が四人あります」とかね。これはしようがない、役目だからなあと思ってね。(笑)

島尾　村会議員さんなんかいて、「お前偉いんじゃのう」なんて。(笑)

――村会議員でもあまり階級に関係ないわけですか。すぐ下からいくわけですか。

島尾　ないです。だから、たとえば、そういう人たちに、おれ幾つに見えるかといっても分からないんです。階級が上の人は年も上のように思えるらしいんです。二十と幾つの若造だなんては思ってもいないんです。三十代か四十代ぐらいに思っているんです。

吉田　やっぱり島尾さん、貫禄あったんですよ。

島尾　いえいえ。（笑）

吉田　その頃昼行燈《ひるあんどん》なんて言われてたって書いてあるけれど（「島の果て」）、昼行燈と呼ばれる隊長なんて、当時としては一番いい隊長でしょう。みんなピリピリしていたんですから。

島尾　若い下士官がいたんですね。それが一生懸命、隊長、隊長と肩をもんでくれたりしました。

吉田　それは予科練から震洋にかわってきた連中ですか。

島尾　ぼくのところは予科練はいなかったです。上機《じょうき》（上等機関兵）とか上水《じょうすい》（上等水兵）ぐらいで隊に入ってきたんですが、掌特攻のマーク持ちですからすぐ下士官になりました。戦後その中の一人と会ったとき、一緒に風呂に入りましょうといって流してくれました。「申し訳ない。偉い人になっているのに、もういいからいいから」

「いや、わたしは楽しいんですからやらせてください」って。（笑）

吉田　わたしの場合、大和の会が毎年四月にあるんですけれど、遺族の方がたくさん見えます。遺族としては、ご両親が一番純粋ですね、気持が。遺族の方が見えるのは、われわれ生き残りにはとても重いことなんです。出撃の直前に転勤命令が出て、降りた連中がかなりいるんで、その連中がいま一番大和会の雑用をしてくれているんですが……。

島尾　あれはなんともいえないですね、降りて行くのは。

吉田　遺族の方の存在があまりにも重いものですから、われわれなかなかその頃をそう懐しむというふうにいかないですね。

島尾　あなたの場合はそれは大変……。ほんとうにぼくは幸運でした。一人も死なない。

吉田　それはともかく、共通の思い出、苦労の経験というのは、独特のものがありますね。何年たってもね。

島尾　そして、ひと頃は揺らぎましたけれども、いまはいくらか落ち着いてきましたからね、気持がお互いに。

吉田　島尾隊の集まりというのはあるんですか。

島尾　いや、ありません。

吉田　そうすると、もっと全体の……。

島尾　それが分からないんです。

吉田　いま背中流してくれるというのは……。

島尾　何人かとは接触があります。そうですね、十人ぐらいから手紙をもらっています。

吉田　戦後いろいろ書いておられる島尾さんと、島尾隊長というのが繋がらない人もいるんですか。

島尾　どうでしょうねえ。これが元の隊長と知っても、なんかものを書いたりしていると鬱陶しいですから。そして、ぼくの隊は戦死者が出なかったでしょう。それがかえって、接近を必要としない原因にもなっているんじゃないかとも思います。しかし最近になって自殺した隊員が二人も出ました。また経をよみながら門付けをして全国を放浪して回っている元機関兵曹がいます。二回ぐらい脳卒中をやっているんですが、それを治すためといって遍歴して歩いているんです。この二月にも、奄美まで行ったところぼくが引っ越したことを知り、わざわざ指宿に訪ねてきてくれました。鹿児島には連絡船が朝方着きますが、指宿の家に着いたのは夕方でしたね。寒いのに訪ね訪ねやっと探しあててたどり着きました。口もあまりよくきけないし、記憶もうすれちゃってね。昔のことを聞いても、「もう忘れてしもうた」といっているんですがね。訪ねてきても、ただ顔を見て帰っていくだけなんですが。

吉田　いまの二十代とか、そういう年頃の青年の読者で、島尾さんの戦争の作品を読んで、直接感想をのべてくる人はありますか。

島尾　ぼくのところに直接手紙をくれる人は、比較的少ないですね。青年が訪ねてくることも、都会から離れた所に住んでいるせいか、そう多くないですね。吉田さんのいまのお仕事は？

特攻体験と戦後

吉田　いまはまだ日銀というところで。昭和二十年十二月に入ってから戦後ずっと……。監事というポストで、現役を半分退いたみたいな形になっていますが。過去十年あまりは、支店にいたり、いろいろ忙しくやったんですけれど、それもひと区切りつきまして。現在は、われわれの世代の務めというか、なにか書き残しておくことがあるんではないかというような気持が出てきて、少しずつやっています。

この三十年間に何をしたかということになるんですけれども、人間の歩みというのは時間がなかなかかかるもので、三十年というひとつの歴史の流れによって、いままで曖昧としていたものが少し形をつくったというか、自分のやってきたことをまとめてみる、そんなことも許されていいんじゃないかと思いまして……。

われわれの世代が、もっと何かいうべきときにいわなかったのが、申し訳ない気持がずっとあったんですが、それにはひと区切りの時間の経過が必要だったのかな、という感じもありますね。若い人から、ほんとうにわれわれの世代が考えていることを、自分たちにもっとはっきりいってくれ、といわれることもあります。そういう若い人が、数はそう多くありませんが、だんだん出てきてますね。だから、なかなかこれは安閑としてはおれんぞ、正直そういう感じがするんです。

島尾　どうしたって大和の経験というのは大変なものですね。ですから、それは大事でしょうね。それから時間というものがかもしだすというか、時間がたってはじめて分かることもあるに違いありませんね。そして、われわれの時間といったって、大したことはないというか、ほんとうに短いですから。時間ってあるような、ないようなもんですものね。しかし、まあわれわれ人間にとってみれば、三十年というのは一つの歴史だし、それでその三十年たったことによって初めて、三十年前のことの意味が分かるということも、あるようですね。

吉田　島尾さんの場合は、戦争の体験を、三十年の生活の経験の中で、一緒に持ってこられたんじゃないか、わたしの受け取り方ではね。しかし、わたしの場合は、あの時の特攻経験は、今のわたしからは、ちょっと手のつけようのないもんです。それで、自分の三十年の生活の中を一緒に持ってきたというよりは、いまひと区切りついたときに、いわばもう一度その場に下りて行って、なにかいわなきゃならん、そう思うんですね。

しかしそれじゃあ、何を否定し、何を肯定するかという、そうなると、なんか非常にギリギリなんですね。その時失った仲間たちが願っていたものを、われわれの三十年の生活を経た立場で選び取らないと、ただ自分の過去に対して釈明するだけに終わるような、そういう恐れもある。ほんとうに彼らが持っていた、一番気持の中にあった大切なものは何かということは、スカッと割りきれなくて、少しずつ少しずつ、自分の中で反省しながらみつけだしてくるという感じが、どうもある。しかし、若い人はとても直感が鋭いので、そういうふうに苦しみながらでも、自分の戦争体験は体験として、それが本質的に経験として持っていたものを、また日常の中に取り出してきて、再構成してみる。それはこうだと思うことを率直に若い人にぶつけて、受け取ってもらうしかない、そういう感じがするわけですけれども。

——いまの話に関連しますけれど、さっきの話の中で、戦争体験というのは三十年という時間を置いてとらえてみて、当時気づかなかったことにも気づいたということだったですけど、それはどういうことでしょうか……。

島尾　それはね、ぼくにとって一番切実なのは日常だと思うんですね。ところが、若いときは日常ということを分からずに毎日を過ごしていた。そういう分からずに過ごしていたときに、ちょっと異常な状況があった。そのことも分からずにまた過ぎてきた。まあ、三十年たったということは、三十年の日常をずっと重ねてきたわけですからね。それは、非常に退屈だし、どうしようもないもんだけれども、その三十年の積み重ねの中で、なんとなく日常というものが分かってきて、そして、その時に、やっぱり日常じゃない異常な事態を自分が体験したということが、なにか、くっきりしてきたような気がするんです。ああ、こういう意味だったんだな、という。

だから、ぼくは自分の特攻隊体験でいえば、これは戦争直後には隠しておきたいことだったし、いろいろな反応をしていたわけだけれど、三十年たったいまとなってみれば、それはそれなりに、面白いといったら語弊があるけれど、面白いところもあった体験だなあ、と、そういうことが分かってきた。いってみれば、そんなに深刻なことでもないという気持ですね。それは、やっぱり、違った形で日常の中にもそういうことはあるんであって、人間の体験ですからね。戦争というのはいろんなことが非常に集約されて、それで異常な状態に見えるけれども、日常の生活をしてみたら、それも大した違いはないんだというか。なにかさっきと矛盾するようなことにもなるけれども。

だから、ある意味では、戦争みたいな状況があらわな形で表現されていれば、それは異常というならいってもいいけれども、その異常なものに殊更な刺激を感じなくなったということです。つまり異常は日常と繋がっているという認識ですかね。戦争という異常なところには、日常で拡散されているものが集約されてくるから、すごくはっきりしてくるというか、そういうものだったのか、ということが分かってきた、という気持なんですがね。戦争の異常が日常をくっきりなぞってくれたと思うんです。

吉田　しかし、そのことはずっと戦後も引きずってきているわけですね、三十年間。

島尾　まあ引きずってこざるをえなかったんだけれども、ぼくの気持の中では、後生大事にそれしかないというんじゃなくて、戦争はその後もずっと起こっているわけなんです、自分にも周囲にも。ただ表面の形が、戦争状態でなければ戦争状態でないような状況を現わしていますけれど、もう本質のところは、似たようなことなんじゃないですか。もし神というものがいるとしたら、その神の目から見たら、戦争の状況も、このいまの状況もそう違わないんじゃないですか。そういう目から見たら、まあ人間どもがなんかやっている、というふうな。といっても、われわれ人間は戦争のときには、ものすごく強く感じてしまうのですけれども。

だから、引きずってきているんじゃなくて、やっぱりそういう状態はいつも周囲にあるし、自分も持っているということですね。

そこら辺が分かってきたような感じがするんですがね。ですから、ここでもっと、はっきり摑んでみたいなという、あんなにオロオロしたけれど、あれはなんだったんだろうか、という感じですね。

吉田　それはやはり、島尾さんのとらえ方だと思うんですね。島尾文学を生んだものは日常しかないということね。大和でぶつかったのは、「いかに死ぬか」ということだったけれど、「いかに死ぬか」というのは、これは「いかに生きるか」と同じことだ、ということですね。

……わたしも、特攻体験を持って、そこで一番すぐに出てきたのは、それに耐えるというのは日常しかないということね。

それで戦後三十年生きてきたわけですけれど、本質的には戦争と同じようなことが、戦後の生活の中に起きている。そういう形で特攻体験というものをとらえ直してみるということは、わたしなどは特攻体験が重すぎて、そういうところまで行かないから、どうも戦後やってきている日常というものが、なかなかそういう形で戦争と繋がらないですね。「いかに生きるか」の問いの意味が、島尾さんとは違ってくる。それで、そういう内面的なものじゃなくて、特攻体験を、ああいう一つの戦争体験の事実として、それが本質的に経験として持っていたものを現在の目で再構成するという。そうすれば、あの体験が持っていた意味が、もっとはっきりするんじゃないか。そういう気がしてしかたがない。戦後の日常生活をいかに生きるかの問いかけは、わたしの場合、戦争の異常さに繋がるものというよりも、逆にどうしたら戦争体験の異常さに耐えられるか、乗りこえられるか、ということになる。あの戦争という、日本の歴史、日本人の悲劇、そういう中で大勢死んでいった仲間の、死んでいった意味みたいなものを考えようという、そっちの方がスッキリするという感じなんですけど。でも難かしいことですね。

やはりその戦争体験というものを振り返るにあたって、自分の中で非常に執拗に特攻体験の持っていた意味を究明しないと、島尾さんのように、戦後の日本社会とは絶縁するくらいに没入しないと、おっしゃるように、日常の中で見たら戦争体験と似たようなことが起きているという発見ですね、そういうふうにはなかなかならないんじゃないでしょうかね。だから、そういう文学作品というのは少ない。

島尾さん、そういう立場だから、戦争体験の全くない人も、ごく若い人なども、島尾さんの作品を読んだ感想を、わたしも聞くのですけれども、それは、なかなか難かしいにしても、自分の世界と触れるものとして読めるとか、そういう感じのことはあるんだろうと思いますね。いわば、いくらでも深いところにというか、繋がりを求めて作品が広がっていくということはいえますね。ずいぶん時間がたってからお書きになっているし……。

――吉田さんの戦後の生活の中で、宗教の問題ですけど、クリスチャンになられたということは、どういうことなんでしょうか。

吉田　わたしは二十二年にカトリックの洗礼を受けたんです。ですけど、いまはカトリックは破門みたいな恰好で、カトリックの排他性のようなものが疑問になったりして、プロテスタントの方に行っているんです。もっとも最近は、お互いに歩み寄って、共通点を見出そうとする動きが出ていますが……。島尾さんと、小川国夫さんとの対談〔『夢と現実――六日間の対話』〕なんか、わたしなりによく分かるところもあるんですけど、やっぱりこういう特攻体験と戦後生活とかいう課題を背負っていますと、なにか自分が途中で妥協したり、結論を逃げたりしないためには、大きな、簡単にそう妥協を許さないようなでかいものが、どうしても相手にないとね。それを相手にして、最後までそういうことを求めて、別に結論はなくてもいいんですけれども、決して適当なところでやめないで、やり続けるということを考えると、やっぱり、そういうことをこっち側に思うようにやらせてくれるようなでかい相手が、必要であると。そう理詰めに考えたわけじゃないですけれど、ある大きな実在みたいな、あるいは存在する実体みたいのがね。もちろん、そういう意味の信仰というのは、結論とか救いとかじゃなくて、出発なんだ、永遠の出発なんだ、ということで。まあしかし、なかなか遅々とした歩みで……島尾さんの場合は、信仰について、非常におおらかなとらえ方で書いておられましたね。非常に……。

島尾　いや、ぼくも信仰のことはほんとうに分からないんです。なるようにしかならない感じで入っちゃったんですけれども。最初はカトリック？

吉田　そうなんです。それはある日本人の神父にたまたま紹介してもらって、それで最初はいろいろ議論したわけですね。人間は究極には何ものなのか、自分を超えるものをどうして摑めるのか、というようなことをね。これは、議論でいくら負けて降参しても、それだけではほんとうに負けないんで、やはりそういう人たちを生かしている実体みたいなものですね。それでわたしは、戦争体験によってそういう大きな課題をあたえられたんだから、それを追求する無限のエネルギーみたいな、ちょっと妙ないい方ですけれど無限の活力をあたえてくれるものがほしい。この人たちを生かしている実体は、少なくともそれに値するもんだ。もしこの実在の世界を否定するんだったら、理屈で否定するだけじゃなくて、それを否定するに足ることを自分がやらなきゃしようがないですね。素通りはとてもできない。もちろんいろいろ難かしいことがあるんですけれども、そういうことから結局離れられなくて、やっぱりなにかこの辺で一つ、いちおう結論を出して区切りをつけて割りきろう、というふうにはなかなかならないですね。(笑)

島尾　ぼくも信仰のことを話すのは一番苦手で、なるべくそれを逃げていたいのですけれど、なにかもうどうしようもなくなったときに、気がついたら摑まっていたというふうな、そういう感じでしたねえ。

吉田　いまでも非常に熱心な信者ですか。

島尾　そんなに熱心でもないんです。

——吉田さんの場合は、戦争体験というのが大きな動機だったのですね……。

吉田　それまでは宗教にはもう全く無関心というか、当時の学生の一般的な例でね。まあ鶴見俊輔なんかにいわせると、やっぱりこれも一種の軍人の転向だというんです〔『転向研究』「軍人の転向——今村均・吉田満」〕。わたしは軍人じゃなくて、典型的な学徒兵だと思っているんですけど、そういう大きなものが相手になってくれるというのは、途中で逃げられないというところがいいんじゃないかと思うんです。

島尾　いまどちらの教会ですか。

吉田　いまはプロテスタントの方で、わたしが非常に好きで尊敬していた牧師がいて、しかしその方が亡くなりましてね。カトリックというのはなかなか懐ろが深くて、これは神父によって少し違うのかもしれませんけれども、プロテスタントの場合は自由があるようですが、自分で一生懸命やっていくということもなかなか大変ですね。人間は弱いですから。カトリックというのは、人間をよく知っている、実によく知っている……。

島尾　ほんとうにすごいリアリズムですね。（笑）

吉田　知っていますよ。二千年間人間を調べ尽くしたんだから。まあしかし、それは自分にいまあたえられた場でやっているんで、あまりその辺はこだわらない……ただ、戦争経験による自分の課題みたいなものと、大きな実体を追求する作業とが、どういう形でほんとうに結びついていくかということは、なかなかまだ模索中で。実に遅々たるもので。逆にいうと、そう簡単に結論が摑まっちゃっても、どうもね……。（笑）

島尾　信仰の話はもう……。宗教は結論ではなくて、あくまで、出発ということですかね。人間の問題が一番大きいし、一番分からないことですね。分からないけれど、かかえていかなければいけないし。特攻体験という歪みをくぐった人間が無意識に持っているものを、見つづけるということでしょうかね。

近くて遠い人

吉田　満

島尾敏雄さんは長いあいだ、わたしにとって、遠く仰ぎ見る存在だった。なぜ、遠い彼方に立つ人のように思えたのか。逆説的にいえば、この人は本来、わたしの直ぐ身近にいるはずだ、という期待があったからかもしれない。年齢こそ少し違うけれども、われわれはほぼ同時代に学生生活を送り、わずか二ヵ月の差で海軍に入り、同じように南海の戦場で特攻隊に配置され、同じように特攻死の間際まで行った。戦争文学を含む島尾作品の広大な世界とは比べるべくもないが、わたしもわたしなりに、戦争の体験を文章にすることを一つの務めとしてきたつもりであった。

「島の果て」「出孤島記」「出発は遂に訪れず」とつづく戦争物の一連の作品は、わたしには馴染みの深い題材を扱いながら、気やすくとけこもうとすると、平静な自己主張と緊密な文体をもって、わたしを拒否した。作者は戦争体験を描写するのではなく、極限まで経験のなかに侵入し、極限までみずからを乗りこえることに専心していたのである。

この対談は、本州の南端に近い指宿で、はるか奄美と沖縄につらなる東シナ海の海原を見おろしながら、薄暮から夜がふけるまでおこなわれた。対談が終わって、わたしはこの作家が、なぜ自分にとってきわめて身近な、そして同時に遠く仰ぎ見る存在であったのかを納得し、満足した。

わたしは平均的な学徒兵であり、平凡な戦士であった。太平洋戦争末期に戦場にかり出された無数の青年のなかの、ごく目立たぬ一人であった。ただ、あたえられた経験が、特異だったに過ぎない。一つの時代、一つの民族を象徴する悲劇的な体験が、課せられたのである。

わたしの戦後生活も、当然に、戦争経験世代の典型的な場合というべきものであった。ただ、異常な戦争体験の重さが、わたしを捉えて離さなかったのだ。わたしは多くの仲間を死なせた生き残りの一人として、戦後を平凡に生きながら、あの重い体験が、自分にとって、日本人にとって、戦後という時代にとって内包している意味を、追い求めずにはいられなかったのである。

　島尾さんとわたしのあいだには、凝縮した戦場体験の共感があり、その限りで、島尾さんはわたしの身近にいることを、対談は実証してくれた。しかし島尾さんは、平凡な戦士ではなかった。島尾敏雄という人間をいささかも失うことなく異常な日々を生きつづけ、まさしく自分の特攻体験を体験したのだ。戦争体験の意味を求めるのではなく、戦争を体験した自己の存在そのものを守り通したのである。

　島尾さんの戦後も、おのずからその延長線上にあった。島尾さんは、敗戦の日から、異常な戦場体験に繋がるものとしての日常を、生きてきた。戦後日本の偽装された平和と自由、かりそめの繁栄にかかわることを一切拒絶し、まぎれもない自分の日常を描きつづけてきたのである。

　対談のあいだ、島尾さんは時に一期先輩の貫禄を見せながら、終始闊達《かったつ》に雄弁であった。これほどさわやかに、正直に気持よく語りあえたのは、有難いことであった。

特攻隊体験

島尾敏雄

戦後も三十年を越した。はるかに遠くなった、と思うと同時に、あいだの歳月の見当がつかない感じになることも確かだ。今では三十余年前に自分が特攻隊にいたという実感はうすれてしまった。本当にそのような部隊の隊員だったのだろうか。ひるがえって特攻なるものをよそ事のように考えてみれば、なんともふしぎな行為と思わないわけにはいかない。すると自分がそうしようとしていたこととはすぐには結びつかなくなってしまう。あの当時私はそれほどふしぎなこととも思わずにいた。とにかく三十余年のあいだには、その特攻隊体験に対する私の態度は微妙に変わってきたところがある。

戦後すぐの頃は、そのことを余り話したくなかったし、考えたくもなかった。たとえそうしなければならないときも、別に取り立てて口にすることではないと思っていた。一般の戦死や銃後の爆死などと少しも変わったことではない。しかし歳月がたつにつれ、特攻ということのおかしさは、やはり特別なことだ、と思うようになった。それは自分の歳かさねとともにそうなった。もしもう一度そのような状況に迫られたとき、ふたたび特攻隊に志願できるか。そう自分に問いかけてみると、答えはどうしても否定的である。もうあの状態には耐えることはできない。特攻などということの底には歪んだ要素が横たわっている。

自分の特攻隊体験など全く口にしない方がいい、と一人の自分は思っている。それなのにもう一人の自分は、求められるままにそのことを語ってきた。語ったあとはいつも甚しい空しさに襲われるのに。事柄のすさまじいおかしさにくらべて、私の言葉はまるで上調子だ。核心は衝くことができずに、饒舌《じょうぜつ》な言葉のむくろを口からはき散らす。もう語るまいと思いつつ、ついしゃべってしまうことになった。一つには口をつぐむも開くも所詮たいしてちがいはあるまいという思いがあるだけでなく、その空しさの中に自分を投げ入れることによって、更に何かがわかってくるのではないか、というはかない期待があったからと思う。

吉田満さんとの鹿児島県指宿での対談が提示されたときも、例の空しさの予感とかすかな期待の揺れ動きの中で、その誘いを受けた。

そこではじめて『戦艦大和ノ最期』を読んだのだが、私は全く圧倒されてしまったことを書きとどめておこう。これは、あの戦争にかかわって書かれた文学の中の、一大文章であるといわなければなるまい。

彼はまさしく特攻を体験したのだと思う。しかし私の場合はそういえるかどうか。たぶん特攻隊体験とでもいうべきものであったろう。

とにかくその対談の結果はこの書に示された通りのものとなったが、もう一つ吉田さんの体験と私のそれとのちがいは、彼の特攻仲間の大方は夥《おびただ》しい死者の群れとなっているのに、私の周辺からは一人の戦死者も出さなかった。この体験の大きな距《へだ》たりは対談の中に微妙にあらわれているにちがいない。

島尾さんとの出会い

吉田　満

わたしは常に島尾文学の忠実な読者だったわけではない。あの厖大《ぼうだい》な非小説作品群なども、一部に眼を通しただけである。世評のきわめて高い病妻ものや夢意識の作品でさえ、正直のところどこまで読みこなしているか心もとない。そのわたしが島尾さんを主題に小文を書こうとするのは、昨年の初夏、鹿児島の指宿で五時間以上も対話する機会を恵まれ、さまざまな感懐をえたからである。

この対話の記録は「特攻体験と戦後」というタイトルの対談集として公刊されているから、ここで重ねて内容にふれることは控えよう。ある雑誌がこの企画を持ってきたとき、「島の果て」「徳之島航海記」「出孤島記」「出発は遂に訪れず」「その夏の今は」の一連の戦争文学の作者に会えるという期待から、わたしはよろこんで承諾した。

奄美の加計呂麻島に駐屯する震洋隊隊長として島尾さんが体験した特攻体験は、たしかに特異なものであった。その体験が、他に比肩するもののない戦争文学の名作にどのような道筋をへて結実したか。その道筋を究明しようとする評論を、わたしは何篇か読んだことがあるが、わたしが関心をもったのは、文学作品を生む母体としての原体験ではなく、島尾さんという人間が具体的にどんな体験をしたのかという事実の全体であった。まず生《なま》の体験があって、どうすればその中に文学の素材としての原体験を見出せるか、というような問題にはわたしは関心がなかった。

島尾さんは対談のあいだ、同じような特攻の体験をもつ仲間として、率直に語っていただけたのだと思う。純文学の作者は概して如才のない社交家であるはずはないが、島尾さんはとりわけ独特の風格のある謙遜家で、よほど奨《すす》められても床の間には坐ろうとしない人だときいていた。ところが初対面の挨拶がすむと、司会者のひと声でさっと上席に座を占めた。それは予備学生出身の海軍士官が一期後輩を前にしたとき、おのずから立居振舞にかもし出す貫禄のようなものであった。

島尾さんが特攻について語った多くの言葉の基調にあるのは、いったん特攻兵になることを約束したら、それはすでに一つの運命であって、戦況がどんなによくなろうと、ある作戦で自分が生き残ろうと、特攻というしるしが取れることはないのだ、という自己規定であるとわたしは聞いた。このことは、死についての考え方にも通じている。自分は死ということを一番恐れていたし、今ならもうノイローゼになってしまうかも分らないけれど、その頃は若かったせいか、かなり耐えられた、そう目立ってあやしげな振舞いもせずにすんだ、と島尾さんは述懐した。

なぜ特攻なんか志願したのだ、日本がいずれ負けることは予想できたのに、犬死にをしてもつまらないではないか。――島尾文学の読者の中には、こうした疑問をもつ人もいるかもしれないが、その点も明快である。自分が特攻隊員として何かやって、それで戦局を挽回するとは考えられなかったけれども、自分が死ぬことによって、日本の人たちがあとでいくらかでもいいようになるなら、もって瞑すべしだ、ぐらいのことは考えていた、というのが答えである。

わたしはそれらの言葉を、全面的な共感をもって聞いた。島尾さんの体験は、第一線の海軍軍人の中でも特殊なケースといえるが、同じような体験をしたのは、もとより震洋隊隊長に限らない。広い意味の特攻経験者は、おそらく千人単位、あるいは万人単位をもって数える量に達している。特攻体験についての島尾さんの分析は、そのおびただしい数の仲間の中で、最もオーソドックスな、最大公約数的な立場を代表したものとわたしは了解した。

そこに、島尾さんの書く戦争文学が、特異な世界を扱っている反面で、人間の経験を描きつくしたという意味での普遍性を持ちえている基盤がある。特攻体験は戦争経験の極致、もしくはその異常さの極限をなすものであり、人間がその非道な体験に堪えようとするとき、とりうる最もまっとうな姿勢が島尾さんを支えている。

しかしいうまでもなく体験することと、その体験を自分の中に内蔵することとは、まったく別の行為である。特攻体験者のほとんどは、信じ難いほど無造作に、したがってほとんど意識することもなく、特攻体験の重みを捨ててその制約から自由になろうとした。まだ自分の足場の定まっていない青年は、そのように過去と絶縁して生きる本性を持っている。

島尾さんだけは、今日まで、あの時と同じ濃度で、特攻体験を生きつづけてきた。自分が特攻体験をもったという事実を、日々新たに再体験しつづけてきた。この強《きょう》靭《じん》な求心的な耐久力によって、特攻体験はここに初めて人間の体験として造型されたのである。

島尾さんがさらに言葉をついで、戦争というものは本当に虚しい、人間世界では戦うことは仮りに致し方ないとしても、スポーツみたいなところにとどめておくべきだ、その中で殊に特攻はルールを外れている、特攻をくぐると人間が歪んでしまう、と説くとき、物静かな語り口が、物静かさの故に抗し難い説得力をもつ。

島尾さんが特攻体験にふれて強調するもう一つの点がある。それは、特攻、特攻といっても、結局出撃命令は出なかったから、自分は直接の被害を受けていない、一度も実戦を戦っていないむしろ弱い姿勢に終始したわけで、実は恥じらいの経験だったのだ、という告白である。自分の周辺からは一人の戦死者も出さなかった、多数の死者が出てその死に無感動になってしまうような苦闘の経験とは、大きな距たりがあると指摘する口調には、ある誇らしさの響きがあった。

わたしが参加した沖縄特攻作戦では、多くの戦死者を出しながら、その死がすべて無意味であることに堪えられない経験をしたからには、島尾さんのこの言葉を聞き流すことはできなかった。特攻体験は、特攻という任務を引受けた事実に本質があるのか。さらに特攻の死を（死の間ぎわまで）経験しなければ、その名に値しないのか、わたしは前者の考え方をとる。ひとたび特攻兵の下命を受けて了承した以上、現実に生死の関頭に立つかどうかは、決定的な問題ではない。ある評論家の島尾論が、わが身に特攻兵の刻印が刻まれることを拒まなかったその日以来、彼にとって人生の意味が解体し、輝やかしい未来が一片の幻想となり、きびしい聖別と汚れた頽廃《たいはい》の日常がくり返されただけだ、と評しているのは、その辺の機微を的確にとらえている。

もちろん島尾さんはそのような事理をじゅうぶんにわきまえている。大島海峡の潮のきらめきと、震洋艇のけたたましいエンジン音と、戦闘待機の重い緊迫感があれば、出発は遂に訪れずとも、特攻体験がすでに完結していることを知りぬいている。部下を一兵も殺さずにすんだ事実のもつ強さと、反面の弱さとを解明してみせる明晰さが、そのことを立証している。八月十五日について、ただ特攻隊に所属していただけでついに「特攻」を体験することのなかった自分は、その日のことを語るにはふさわしくないような寂しい気がする、と書くとき、この出撃待機と戦争終結の体験が自分の中に残していった衝撃の深さが、逆説的に明らかにされる。島尾さんほど徹底的に、内面の極限まで特攻を体験した人が、他にありえようか。誰が、「八月十五日を語るにふさわしくない」といいえようか。

島尾さんにとっての特攻体験の意味は、敗戦の受けとり方と、それに続く戦後生活のあり方に引きつがれている。——戦争が終って、生きられるかもしれない気持が湧いたとき、体じゅうがムズムズしてくるような、突き上げられるような感じがあった。文学が思う存分にできるぞと思って、力が出てきた。生き残って、いろんなものが見られるんだから、たとえば本土にもっと原子爆弾なんかが落とされ、ほんとうにむちゃくちゃになっていた方が、かえって生甲斐があるという気持さえした。どんなになっていたって、家族が全部死んでいたって、かえってそれをじっと見るんだというような、たかぶった気持があった。

島尾さんは実感をこめてこう回想したあとで、――そして帰ってきたところが、一向に変りばえもしなかったし、力も出てこなかった。一種の虚脱というか、つまらない日々を送って過ごした。生が突き上げてくるような感じを持つと同時に、自分が完全に胸を張って、戦後に生きる理由というのが、どうしてもつかめずに、なにか後ろめたい気持が消せなかった――と、きびしい断罪をみずからに宣告する。

日本が敗れたということ、自分が日本人の一人として戦争に参画し、そして生き残ったということ、それが何を象徴する事実であったかを、これほど容赦なく糺弾《きゅうだん》した言葉はない。完全に胸を張って戦後に生きのこる理由を、日本人の誰が見出しているのか。特攻という極限の戦闘行為を体験し、体験者としての責任を負いつづけて戦後の平和な日々を生きる以外に、あの戦争と敗戦の空しさに堪える道はないのではないか。

その島尾さんが、戦後三十年の歩みの中で、なんとなく日常というものが分ってきた、戦中に日常ではない異常な事態を体験したことの意味が、くっきりしてきたような気がする、という結論に達したのは、自然な帰結のように思われる。——戦争というのはいろんなことが非常に集約されて、それで異常な状態に見えるけれども、やっぱり人間の体験なのだから、日常の中にも違った形でそういうことはある。もし神がいるとしたら、その神の目から見たら、戦争の状態も、今の状況もそう違わないんじゃないか。——この率直な感想は、「自分にとって今一番大切なのは、日常なのだ」という宣言で結ばれている。

ここで島尾さんのいう「日常」は、われわれの周辺にある、ただの平板な日常ではない。戦後日本の発展に一切加担せず、戦後日本の仮りそめの栄光と繁栄にかかわることを拒否し、次々に課せられる課題が現実的に処理され解決されることに抵抗し、自己という一個の人間の存在に執着し、存在の意味の究明にのみ賭けた「日常」なのである。

島尾隊長が加計呂麻島時代、島に住む人たちから「ワーキャジュウ」(われわれの慈父)と呼ばれ、部下からは「ひるあんどんのような」上官と噂されていたことは、よく知られている。同期の仲間のあいだにも、有能で沈着で大人《たいじん》のような男、という評判が残っている。

慈父とか昼あんどんとかいう形容は、戦局も押し詰った第一線基地の息苦しい空気を考えると、軍人としても人間としても、最高級の讃辞というべきである。軍人としての最も肝要な資質を完備することによって、かえって軍人の枠をこえるほどの人物になりえたというのは、いかにも島尾さんらしい。

われわれの対談が進んでいよいよ興がのってきた頃、島尾元中尉は、従兵というものがどんなに調法な、また可愛い存在であるかを愉しげに語った。最近でも会合があると、昔の部下がいっしょに風呂に入って背中を流させてくれといってきかないという。わたしなど、従兵をコキ使う士官という身分の特権意識にいまだにこだわっていて、島尾さんの器にはとうてい及ばないことを悟った。

失礼ながらもう還暦を過ぎているはずなのに訥々《とつとつ》と語りつづけて飽きない島尾さんは、たくましさと威厳を兼ね備え、今なお慈父のようであり昼あんどんの隊長さんのようであった。そのことの発見は、島尾さんとのあいだに初めて実現した出会いの、最もよろこばしい収穫であった。

（『カイエ』一九七八年十二月臨時増刊号「総特集・島尾敏雄」）

旧版解説

島尾敏雄

この書物は昭和五十三年八月に中央公論社から宮田毬栄さんの担当で出版された島尾敏雄・吉田満対談集『特攻体験と戦後』の、中公文庫版として装いをあらたにしたものである。

もとになった対談は、その一年前に「文藝春秋」の企画で行なわれ、雑誌にはその一部分が発表されただけであったのを、あとでその全部を復原し一冊の単行本としたという経緯を持っている。

対談場所として鹿児島県指宿市の或る温泉旅館の一室が選ばれた。五十二年の六月六日のことであったが、夕方から夜おそくまでかかって私は吉田さんとゆっくり話し合うことができた。当の吉田さんと担当編集者の中井勝さんは東京からやって来たのだが、私の方は当時指宿郊外の二月田に住んでいた。長いあいだ苦しんだ気鬱の病が、一応おさまってはいたもののなお若干尾を引く有様だったから、私の心的状態は晴れやかとは言えなかった。しかしこの対談でそれほど鬱屈しないですんだのは、はじめて会ったにもかかわらず吉田さんの人柄が温厚且つ誠実の童顔紳士であったからにちがいない。その上なお幸いであったのは、両人共々同じく海軍予備学生出身で、彼は私より一期あとの第四期生だったことだ。ともすると言葉を失いがちの私が、かなり気楽な姿勢で発言ができたのだが、それはかつての仮初《かりそめ》の環境をたよって背景にし、失ってしまった客気《かっき》を一時にもせよ取りもどせた気分になれたからのように思う。

この付けでもの一種の解説を書くに当たって、私に寂寥《せきりょう》の思いが防げないのは、その吉田さんが既にこの世を去ってしまっている事実だ。楽しみがあるとすれば共に楽しむべきかかる書物の成立を現前にして、そのことを語り合うべき相手を失ったことは、この世の習いとは言え如何にもむなしい思いがする。

この小文をしたためるために、私は改めて対談全文を読み直してみたが、もう一度会って話し合い、確かめた上でつけ足しなどしたい箇所に所々ぶつかりはしたものの、まずまずどうやら話し置くべきことは話し了《おお》せているなと感じたのだった。対談は瞬間瞬間の立ち合い故、早飲みこみや性急の要素がはいって話のかみ合わぬことが多く、あとに残された言葉は生気を失って横たわることもしばしばだが、この対談ではそんなに大きな齟齬《そご》は無かったと言ってもよいのではなかろうか。

私は対談する以前に、彼の存在は承知していたが、その著作を読むには至っていなかった。『戦艦大和ノ最期』さえ読んではいなかった。別に確かな根拠があったのではないが、おそらく彼は海軍兵学校出身の少壮士官だったのだろうと想像していた。私の心の底に多少は敬遠の気持が無かったとは言えないかも知れぬ。

さて対談することが決まったあと、心構えのつもりもあって、私は『戦艦大和ノ最期』を読んだ。その結果私はその表現の力強さに完全に圧倒されてしまった。これは確乎《かっこ》とした動かし移すことのできぬ戦争絵巻だと思った。戦争文学を言うならばその一つの峰の頂点にちがいあるまい。又敢えて戦争にこだわらなくても、屹立《きつりつ》した一箇の事件の全貌が過不足なく簡潔に描き尽された作品だと感じ、無条件に脱帽する気持に傾いた。対談の直前に、相手の仕事にこのような感応の状態でもって出かけて行けたのは、私にとって誠に幸福であった。それに加わるに彼の好ましい人柄も手伝って、あとあとまでも快い印象の残る対談をなし終えることができたのだと思っている。勿論その内容については読者の批判にまかせなければならないが。

その後吉田さんとは一度或る人の文学賞受賞祝賀会でたまたま顔を合わせ、短い挨拶を交わしたことがあったが、私の目には彼は相変わらず恰幅よく頗《すこぶ》る元気そうに写っていた。私自身は何やら気息奄々《えんえん》たる衰弱感を抱いていた矢先であって、彼を見て我が身の虚弱がいささか残念也と顧みられた程であった。まさかそのあと一年も経たずに突然の如く彼の訃報を旅先の新聞紙面に見つけようとは。私のつもりではもう一度彼と盃を交わしながら話し合いたい思いが潜んでいた。しかしもうそのことは叶わず、私だけが一方的にこのような追記を書かなければならないこととなった。

さて対談の内容について多少補足を加えると、二人のあいだで最も大きくくいちがっている点は、特攻死を果たさずに生き残った事態に対する考え方に於いてではなかろうか。彼はその発言の中で度々くりかえしているように、「死んだ仲間」のことから「いつまでたっても離れられ」ず、その仲間たちが「苦しみ」「願って」いたものを「彼らの立場にできるだけ立って、もう一ぺん確認したい」と願い、その「死んでいった意味みたいなものを考えよう」としたことは明らかであって、その点私にはそういう発想は稀薄だと言わなければならない。その差異の由《よ》って生ずる原因の一つは、彼がすさまじい一大海戦の渦中に巻き込まれて多くの仲間を失い、自らも負傷しつつ地獄の相を見て来たのにくらべ、私の方は一つの戦闘すら経験することなく、又周辺からは一人の死者も出なかったという、それぞれの状況に求められるかも知れない。更に同じく特攻隊と称せられた作戦部隊に属してはいたものの、たとえ生き残ったとは言え彼はまさしく「特攻」を体験したのだと言うことができるが、私の場合、「特攻」は未遂にとどまり、言ってみれば「特攻隊」生活をしか体験しなかったことが、お互いの発言に微妙な陰影を与えている原因となっていることもまちがいあるまい。いずれにしても彼はあのすさまじい『戦艦大和ノ最期』体験をくぐり抜けている故に、その発言には重い痛みが背負われている。このことは、「特攻」とは一体何であったかという疑問と共に、もっとよく考えてみなければならない問題であろう。とにかく「大和」の体験をかくも正確に表現できる力を持っていた吉田さんの、なお早過ぎる死は如何にも残念だったと言わなければならない。せめてものことに、彼とこのような対談の機会が持てたことを私は誠に珍重すべき僥倖であったと思うほかはなく、従ってこの対談を企画し準備し実行に運んだ中井さんにも又深く感謝しなければなるまい。

終わりに、私の発言中、敗戦直後私たち特攻兵だけが早い時期に部隊を離脱したのは、日本軍がわの現地海軍司令官の意向のように私が推測している箇所は、或いは訂正を要することかも知れないことを付記しておこう。最近になって、それは日本軍の特攻兵を警戒しての米軍からの指示だったということを私が耳にしたからである。いずれが正確であるかは事実についての資料の確認手続きを要することではあるが。

（一九八一年八月十三日）

II

戦中派とその「時間」

橋川文三

私は最近約一年間外遊して帰った後、どうも日本の空気が大分変化したように感じた。一九七八年から九年まで、わずかに一年間でこのように変化をするものであろうかという疑問が生まれ、それと関係なしに健康状態の屈託が重なって、昨年一年間の私はちっとも冴えなかった。しいていうと私は外国旅行で疲れたといおうか、あるいは現在の世界を見て自分の認識の程度を知り、あわせてその方法の限界を知るという羽目になったということかもしれない。私は一年を経て再び日本に帰ったとき、月なみな言い方かもしれないが、まず日本の人口の厖大さにおどろき、その工業生産力と知的欲求の無限さに驚異し、日本の都市人口の勤勉さと、そのせせこましさにほとんど目を見張ったが、それにはやっと馴れたといっておこう。日々の新聞記事の「ニュース性」という巨大なナンセンスにもようやく親しくなったということである。

しかしそれらはいわば表面のことで、私の内部にはもう一つ別の要素というべきものが広がりつつあったと思う。それを簡単にいえば私の従来の世界認識の方法には欠けていた「時間」というものの重視である。それについて書いてみたい。

◇

まずはじめにそれを感じたのは、ある年少の知人から「どうも貴方もそうですが、最近五十歳代がちっとも冴えないですね」といわれたことである。それは主に学者タイプのことをいったものであるが、大体三十歳代の意見を代表したもののようである。あるいはいいかえるといわゆる戦中派というか、あの戦争にすべてを賭けた連中へのやゆでもある。それは端的にいえば日本戦没学生記念会（わだつみ会）へのやゆでもあるが、そういわれて私はまともにうけとめざるをえなかった。

たとえば私は吉本隆明からも、内村剛介からも、丸山真男からも、野口武彦からも、ほぼ同じ意味のことを聞いたことを感じる。しかもそれは世代的にいえばいずれも戦中派であり（野口は別の戦後世代）、その批判はまさに内側から出されている。たとえば丸山真男はいわゆる戦中派があの戦争のことしか考えていないという意味のことをいい、吉本は私がなんらかの理由で「わだつみ」に拘泥していることをいい、そして内村は私たちがある妙なタイプのインテリに属していると言い切っている。私がはじめて意識したのは、それらすべてが「時間」の問題につながりそうだということである。

◇

たとえば島尾敏雄と吉田満が次のように話し合っている。それは『特攻体験と戦後』という本に収められているが、要するにあの戦中の「時間」の意味がようやくわかったという感想でもある。

「——山本明さんが（略）いままで予備学生とか戦争体験といわれると、いっさい触れたくなかったんだけど、この三十年間という時間がたってみると、フッと手を出してみたくなる感じがあると。（略）

島尾　いろんな意味が分かってきたんじゃないでしょうか。いろいろな経験をして、まあ年をとったということとかも分からない。

吉田　そうですね（笑）。戦後の生活も一通りやることはやった。第一回戦が終わったわけですよ、ぼくらは。それはずいぶんあると思いますね。だいたい見当ついたわけですよ、自分の実人生の。それは引用は上手でないのでわかりにくいかと思うが、この対談のすべてが私のいう「時間」論のすべてをつくしていると考える。

というのはこの中には、たとえば三島由紀夫、村上一郎、影山正治、竹内好、中野重治、平野謙、武田泰淳らも含めて、そういっていいものがあると思うからである。あるいは私は外国旅行にくたびれてしまって、そんな理由のないことを口走ってしまうのかもしれないが、要するに大日本帝国の万世一系の伝統的な時間論とは全くことなる時間を考えているのである。それをたとえば島尾敏雄のいうヤポネシアの時間帯といってもいいし、竹内好が毛沢東の心の中に見たある虚無の時間論ともいえる。それはあるいは仏陀の時間論でもありそうに思える。

◇

ということは結局あの戦争はあったことはあったが、なかったといっても少しもかわらないことになる。島尾のことばを引けば「〔戦争と戦争状態のない状況と〕もう本質のところは、似たようなことなんじゃないですか。もし神というものがいるとしたら、その神の目から見たら、戦争の状況も、このいまの状況もそう違わないんじゃないですか。そういう目から見たら、まあ人間どもがなんかやっている、というふうな。（略）やっぱりそういう状態はいつも周囲にあるし、自分も持っているということですね。そこら辺が分かってきたような感じがするんですがね。ですからここでもっと、はっきり摑んでみたいなという、あんなにオロオロしたけれど、あれはなんだったんだろうか、という感じですね」ということになる。

つまり戦中派はあまり「時間」に拘泥し、戦争にとらわれたため、うまく図式化しがたいが、そのままの状態で三十五年を経たわけである。いま図式という言葉を使ったが、私は実際そうであったと思う。私たちの世代のもっとも美しかったものが消滅してゆくのをただ見守るのではない。私がたとえばあの戦争の死者に対する態度は、簡単にいえば西郷隆盛や木戸孝允が維新時の死者に涙した境遇と同じものである。あるいは古代ペルシアのクセルクセスが、ヘルスポントで涙を流したペルシア戦争の状況と同じものであるが、ただもう三十五年という一世代がすぎている。

どうも日本国内ではそれは短い時間であるらしい。しかしその時間が永遠でなくとも、それがただちに西洋の時間と同じではないことは、いろいろなことからわかると思う。たとえば日本でも西南の島々で流れる時間は大分内地とはことなっている。西洋もまた同じことである。現在問題をはらむイランやアフガニスタンの時間論は、はるかにワシントンの時間とはことなっている。そしてまた隣の中国に流れる時間といえば、これまたたとえば岡倉天心が感じたように、インドや西方アラビアの時間の要素を含んでおり、我々島国の細い感覚でうけとめる時間とは大分ちがうと感じられる。

しかしそれらすべてを押し流し、画一的に時間をさっぱりと一元化するのが、この日本でのやり方である。いきおい、すべての時間は一元化され、いわゆる世代問題もまた同じことである。戦中派世代が次々となくなるにつれ、私はこの時間の流れを多元化する大きな契機もまた失われるかと思うが、果たしてどんなことになろうか。われわれの世代は、要するにちょうど一世代がすぎたので、そのことにまたひっかかっているのかもしれないが、しかし事実上それに関係なしに、時間はより豊かにすぎ去るかもしれない。

(『毎日新聞』一九八〇年四月五日付夕刊)

島尾敏雄――戦争世代のおおきな砦

吉本隆明

十一月十二日夜遅く、島尾敏雄がとうとう亡くなった知らせを受けた。脳の血栓と内出血を手術して、意識が戻らないまま重篤だという情報から、十数時間しかたっていなかった。頭のなかがあつく熱をもって、奥のほうで泡立ったように感じられ、だんだん徒労感に変わってゆく。そして頼みとしてきた同年代の砦《とりで》が、つぎつぎに破られて、死が何だかじかに身に迫ってくるのを覚える。これからは裸なのだ。わたしたち戦争の年代が、島尾敏雄を頼みと感じた理由のうち、いちばん大きなものは、かれが戦争体験の表現を、じぶんの宿命的な資質の根に届くところまで追いかけ、描ききった点にあった。戦争はいつも諸個人の手の届かないところからやってきて、諸個人を巻きこんでゆく。戦争に出あったかどうかというのは、たまたまその時代に生まれあわせたかどうか、という偶然にしかすぎない。

だが島尾敏雄の文学は、戦争をじぶんの宿命的な資質が演ずるドラマの舞台のように体験しえていた。秀作「出発は遂に訪れず」は、人間魚雷をあやつる特攻訓練を積み、一度出撃すれば必ず死である行為を迎えるために、心のためらいを自死のイメージにまで高めてゆく言葉に尽くせない葛藤《かっとう》を経たのち、いよいよ出撃を迎える日に、終戦となって、いわば死から突如引き外される体験の物語である。

かれの文学はこの物語のパターンを幼児体験に結びつけた。何かしようと決心し、弱気のしりごみと不適応を、やっとのことで踏みこえて、ことが成就するはずの瞬間に、思いもかけない障害が外からやってきて挫折してしまう。じぶんの幼児体験を繰り返し、繰り返し襲った行為のパターンが、この戦争物語の世界に運命のように、吸い寄せられ、挫折の体験として酷似してしまう。そのどうすることもできない宿命のパターンを、島尾敏雄は生涯描き出していった。

かれの戦争体験の宿命的な物語のなかで、ただひとつそこだけが明るく輝いていたのは、人間魚雷の基地のあった南の島（奄美の加計呂麻島）で、その島の長老の娘であった夫人とのひそやかな恋愛物語である。この恋愛物語は、戦争に敗れたあとで、作者の神戸、東京時代の生活にまで持ちこたえられて、開花する。そして平安な日常生活の繰り返しが、精神をいつかちぢこまらせていくにつれて、逆説的に破局にまで追いつめられてゆく。

この恋愛物語に、夫人以外の女性の陰がさしはじめ、それが気配になって生活にあらわれるにつれて、夫人は神経の異常にさいなまれるようになり、恋愛物語は、しだいに夫婦のすさまじい修羅物語に変化してゆく。それが傑作「死の棘」の世界であった。

わたしたちが強調しなければならないのは、ここでもまた、幼児体験や戦争体験とまったく同じ宿命的な資質のドラマが演じられたということだ。主人公は陰の女性の気配を背負いこんで夫人を狂気にまで追いつめ、夫人の狂気からくる執ような攻めたては、主人公を自殺のほかないところまで追いつめる。そしてこの極限のところで、主人公は自殺によって夫人からも、狂気のおぞましさからも、家族の崩壊からくる娘の失語からも逃れて、死の世界へとびこえようとする。するとまたあの宿命的な挫折のパターンがやってきて、解決をひき外されてしまう。

島尾敏雄の文学を、体験の文学としてみるならば、あるひとつの強力なパターンをもって繰り返される宿命的な挫折と、その挫折をめぐって展開される資質的な悲劇の物語だといってよい。人間はなぜ行為し、体験を積み重ねるのか。それは挫折するためだ。だがただ挫折するためではない。じぶんの資質が宿命的に描いてしまう固有の挫折の仕方に出あうためだ。

これが島尾敏雄の文学が、わたしたちに啓示してみせた理念であり、思想であった。人間は挫折しかできない存在なのだろうか。これにたいする回答は、かれの内面ではとても困難だった。わたしはかれがひそかに用意した回答は、そうだ、人間は挫折しかできない存在だというものだったような気がする。かれがだれも、どこにも、誇示しなかったひめやかなカトリック信仰は、そこに要所があるようにおもえる。

かれの文学は一方で、じぶんの宿命的な挫折を逃れるために、一連の超現実主義的な作風を生みだした。それは現実と視覚的イメージの世界を、重たい糊でつなぎあわせて、一枚の通路にしてしまい、そこを挫折のない自在な足どりで渡ろうとしたものだった。挫折の宿命を重たい糊で転化できたため、そこでは特異な、わが現代文学ではまれな芸術的な純粋結晶の世界をつくりだした。

（『静岡新聞』一九八六年十一月十五日）

吉田満——戦中派が戦後を生きた道

鶴見俊輔

はじめ、ラジオで読む声が入ってきた。

力衰《チカラオトロ》ヘ、力尽《チカラツ》キントシ、生《セイ》ヘノワガ執着ヲ試ミルカニ、アルカナキカヲサ迷フ
生身《イキミ》ノ半《ナカ》バヲ波ニ奪ワレ、死力ヲ尽《ツク》シテコノ身ト戦フ
——放スカ、放シテヤルカ、ママヨ、コノ指先ヲ僅カニ緩《ユル》メ、滑《スベ》ラス　ソレダケ
デイインダ　楽ニナル、睡《ネム》ル如《ゴト》キ平安、死——楽ニナリタイ　ヒト思ヒニ、死ン
デヤレ
己《オノ》レト戦ツテ生キンカ、己レニ挫《クジ》ケテ散リ果テンカ

文体は戦前の小学生の頭にも入っている漢文で、私にも入っている。明治の少年、

夏目漱石、正岡子規ならば、もっと本格の漢文くずしが、普通に書く文章だった。私たち戦前の小学生には自分の日常の文体とは言えないが、しかしこの漢文くずしは耳に入ってはっきりしたかたちをつくる。豊後《ぶんご》水道にさまよう一個の青年として、意識にもどってきたのは、この漢文体だ。そして最後に、救出の後に自分にもどってくる言葉も、

ワレ果シテ己レノ分《ブン》ヲ尽セシカ　分ニ立ツテ死ニ直面シタルカ

すでに敗戦後数年たっていて、戦後日本の文体になれた私を、この文章は戦前の日本語にひきもどした。戦後の日本で、ラジオから入ってきたこの文章は、思いがけずに出合った前時代人の墓石のように、私をそのまえにたたずませる力をもっていた。作品を手にいれて読むと、その中には、洋上を浮遊する中で、眼にとどまるものを次々と記している。

熟視スレバ、面識アル通信兵ノ面影ヲ認ム　少年兵ナリ

少年ヲシテ、カクモ相貌ヲ変ヘシムルモノ何ゾ
コノ怨嗟《エンサ》、コノ憎悪《ゾウオ》、シカモ我ラハ戦友ナリ
兵ノ士官ニ含《フク》ムトコロ、ソノ不信ハカクモ深キカ——少年ノ純情ニシテ、ナホ然リカ
何モノカ胸ヲ衝キ上ゲ、立泳ギノ足先ヲヂリヂリト曲ゲテコレニ堪フ

少年兵には許されなかったつかのまの言論の自由（存分に疑う自由）の場を、士官はもった。

片道燃料だけを積んで軍艦大和が出港したあと、士官室に、戦時日本になかった自由の言論の場があらわれた。何故われわれは、出撃するのか。

この問題にひとつの解答をあたえたのは、学徒兵ではなく、兵学校出身の士官だった。

敗レテ目覚メル、ソレ以外ニドウシテ日本ガ救ワレルカ　俺タチハソノ先導ニナルノダ　日本ノ新生ニサキガケテ散ル　マサニ本望ヂヤナイカ

生き残った吉田満は、戦後、この士官の家をたずね、どのようにしてこの人があらわれたかを記す。(「臼淵《うすぶち》大尉の場合」『季刊藝術』一九七三年夏季号)

敗戦は、いちどきに、吉田満の人格をすげかえるはたらきをもたなかった。

「ワレ果シテ己レノ分ヲ尽セシカ」と、吉田満が海上にひとり浮かびつつ自らに問うとき、その分とは、日本帝国臣民としての臣道の分である。少尉任官後、四ヵ月、日本帝国臣民としての服従義務と、人間として生まれたものの倫理とのせめぎあいの場に立たされることがない。たとえば海軍陸戦隊将校として、裁判をへずスパイと呼ばれる中国人捕虜を斬殺する命令を受領したことがない。あるいは日本軍艦乗組員として連合国の貨物船と洋上で出合い、これを拿捕《だほ》して基地にもどり、日本の艦隊を見たという理由で、その貨物船に乗っていた外国人を死刑にする執行を命じられたこともない。効果なしと考えられる特攻作戦を軍艦乗組員として受け入れ、自分なりにその無効を考えぬくのが、彼の戦争参加の極相となった。

自分の戦争体験のこの極相を記憶にとどめ、その意味を深めるのが、彼の戦後を生きる道だった。

ともに海をただよいつつ、彼を警戒心と、そして憎しみのこもった眼で見る若い水兵を忘れることはない。彼は、十七歳の少年兵士渡辺清と対談して、お互いの戦時をくらべる機会をのがさなかった。

同時に海軍の作戦部内の頂上までたどって、第二艦隊司令長官伊藤整一海軍中将の日本海軍最後の艦隊出撃の決断（一九四五年四月六日）を、もしも彼が出撃命令を拒否したらをふくめて書いた。

特攻出撃命令を拒否した場合、伊藤長官自身には、どのような変化が起きたであろうか。もしこの機会を失えば、その後ふたたび、軍令部次長として多くの将兵に決死の出撃を命じてきた責任を名誉の戦死によって果たす道は、ほとんど残されていなかったであろう。

自決のチャンスもなく万一生き残った場合は、戦勝国側から、開戦以来、海軍の基本作戦すべてに参画してきた罪業を問われることは、免れえぬ命運と覚悟しなければならなかった。戦後に実施された戦犯の処刑のような方式が、その時点でかならずしも正確に見通されたわけではなかったが、伊藤とコンビを組んで長い期間、軍令部を組成してきた永野修身《おさみ》、東条内閣で海軍大臣を勤めた嶋田繁太郎《しげたろう》、伊藤と同期で開戦以来の最も重要な時期に、軍令部次長とはほぼ同格の海軍省軍務局長の座にすわりつづけた岡敬純《たかずみ》の三人は、A級戦犯に問われている。

陸軍にくらべて海軍にA級戦犯がすくなかったのは、支那事変以降の戦争拡大について、政治に近い立場から関与した高官が限られた範囲にとどまったこと、将官だけで三百十五名という、世界の海軍史に例を見ない戦死者を出したこと（うち元帥二、大将五、中将五十六）などによると思われるが、伊藤整一が終戦の日まで命《いのち》長らえていれば、その経歴からみて、A級戦犯の一人に指名される恥辱が待ち受けていたことは、確実であったろう。伊藤家の親族のなかには、長官の死は、そうとでも考えて諦めるほかない、という声もきかれるのである。

米内《よない》海相が、あらゆる状況を考えつくして、最後の死に場所を与えた一つの意味も、その点にあったといっていいであろう。しかし、だからといって、伊藤長官が七千名の部下を犠牲にしてまで一身の名誉を守ろうとした、と評する見方があるとすれば、それは酷というものであろう。

（吉田満『提督伊藤整一の生涯』文藝春秋、一九七七年）

もし連合艦隊司令部からの沖縄特攻出撃命令を伊藤第二艦隊司令長官が拒否し、草《くさ》鹿《か》参謀長の説得にも職を賭して反対したならば、事態はどう展開したか、という反事実的条件命題を、この本の第十二章で、吉田満はたてている。

「もしどうしても（特攻作戦を）実施するならば、自分を罷免し別の司令長官をたてて強行せよ、とまで抗言したならば、それでも連合艦隊司令部は押し切ったであろうか、という疑問が、現在に至るまで提起されている」

一九四一年十二月八日の開戦に日本がふみきったということ、さらにその戦争をつづけるということを受け入れるならば、この無効な特攻艦隊出撃命令を受け入れる他ないというのが伊藤整一の決断だった。

そのひとつの決断の背景には、この戦争にふみきった数々の決断がある。その領域にふみいる役割がやがて吉田満にまわってきた。

あの戦争（私の言葉でいえば、一九三一～四五年の十五年戦争）にふみきったとき、成人の年齢に達していたものは、敗戦後生き残ったものの義務として、それぞれが一枚のカードに自分のした決断を記入する必要があるというのが、吉田満の考えだった。自分は、日本銀行の歴史を編む仕事を割り当てられたと彼は言い、その仕事の重さを感じていた。

その仕事に着手することなく、彼は亡くなった。しかし、銀行からその役目をあたえられる前に、敗戦後に彼が残した著作の総体で、彼は同じ方向にむかって自分の努力をつみかさねていた。死後に出版された『戦中派の死生観』(文藝春秋、一九八〇年)から、私はその感想をもった。

一九五〇年九月、彼は東大グラウンドで失明した。

サイダーびんをあけようと思って、屋内体操場を出た。あいにくせん抜きはないが、そとの鉄の柵で三本までうまくあいた。さいごの一本の口をこすりつけた瞬間、右眼のなかに、四、五本稲妻のような光りがひらめいた。鋭い黄色をしていた。同時に、ばあーんと、はじけるような音が耳をついた。手をやると、瞼がまくれこんだように、ぬるぬるとくぼみ、なまあたたかかった。右の眼に、びんの口が三センチほど吹きとび、ささくれだっているのが映った。二、三度右眼をひらこうとしてみたが、眼全体がべったり糊をつけたようにだらりとして、てごたえがない。それからほんの二、三秒、そのままの姿勢で、僕は頭の中をまとめていたらしい。そしてびんをさげて、体操場のなかへ、皆のまえへ入っていった。

サイダーをのみたいといっていたSさんの横に、何となくびんを置いた。ちょうど入口のわきに大きな鏡があり、そのまえに立つと、異様な形相《ぎょうそう》が、こちらを見ていた。運動に疲れた頰の上に、唇のそばまで、どろりとした半透明の汁が垂れ、眼の位置は、ただ赤味がかった白い穴になっていて、その垂れさがったものは、黒目の中身だと知られた。色合も感じも、しじみに似ており、およそ一つ分の量があった。

その頃まで、みんな手足がつったように、身動きもしなかったが、急にさわぎ出して、まわりをとりまいた。すぐ病院へ、ということになり、押されるようにして、急ぎ足に歩き出した。鏡にのこったさいごの自分の表情に、唇をゆがめて、ニヤリとした笑いが浮かんでいたのが印象にある。

何の笑いか。ともかくいやらしい。不敵の微笑、などというものを、僕は信用しない。

しかしこの笑いは、怪我をしてから皆のまえに出るまでの二、三秒、頭を掠めた想念と、無関係ではないようだ。

わずか二、三秒でも、かなり微妙な複雑な連想をめぐらせるものだと、今考えて不思議に感ずる。まず、事の重大さを直感した。失明？　間ちがいなし、とうなずいた。では予感があったか？　何もなかった。予感めいたものさえなかった。しかも、他愛もない遊びの最中に、これ程ひどい事件が起きようとは、そのとき、何というか、人生が、柔軟自在な姿で、目の前に展けた。幸運にめぐまれた今までの半生、その極致だった戦争の体験、その後も順境をのぼりつめた最近の生活、いつの間にかしみついていた人生への馴れ馴れしさ、いわば爛熟ともいうべき心の動き——こうした一連の心象がありありとうかび、反射的にそれと対比して、人生の真骨頂が、絶妙な呼吸とさりげない身振りで、眼前にあった。

（「病床断想」『わかあゆ』一九五〇年十号）

戦中の海軍士官の心がまえにひきもどされたのではなく、戦後の社会人日本銀行幹部候補の分限からもひきはなされて俯瞰《ふかん》する視点から、自分の不敵のつらだましいをいやらしく感じる。もはや海軍士官の分限ではない。敗戦後の魂の成長が、この文章に感じられ、「海軍という世界」の読後感でもある。

一九七九年の晩秋、私はモントリオールに滞在していて、まとめて日本の新聞を読み、吉田満の死を知った。会ったのは三度に過ぎないが、われらの世代の最良の人という印象が心にのこっている。

（『潮』二〇〇一年八月号）

解説　もう一つの「0」

加藤典洋

1

いまから三七年前、一九七七年の六月六日に、鹿児島県指宿市のはずれの宿で日本軍の特攻作戦に深く関わり、その後その特攻体験について書いた二人の人物が、はじめて相まみえた。一人は海軍兵科三期予備学生出身の島尾敏雄、もう一人は同じく四期予備学生出身の吉田満。戦争が終わってからすでに三二年がたっていた。

それぞれの体験とその後の思いをめぐり、「はるか奄美と沖縄につらなる」海をみおろす部屋で交わされた二人の話は、「薄暮から夜がふけるまで」、長時間に及んだようだ。このときの対話は両者にとってひときわ強い共感と内省を促すものとなったと想像される。しかし二年後、吉田は五六歳の若さで病に倒れ、急逝する。二度目の対話が行われることはなかった。

その夕べから、このときの対話の新編文庫版であるこの本の刊行までの足取りは、こうである。

二人の対話は、文藝春秋の編集者中井勝の手で準備され、雑誌『文藝春秋』一九七七年八月号に掲載される。タイトルは「特攻体験と私の戦後」。次にこれを、中央公論社の編集者宮田毬栄が引き取り、対談の「全部を復原し」、吉田の「近くて遠い人」、島尾の「特攻隊体験」という対談後の感想をふし、『特攻体験と戦後』の名のもとに単行本で刊行した。これが翌七八年八月のこと。一年後、七九年九月に吉田が亡くなる。その死から二年して、八一年九月に島尾の「解説」を付して刊行されたのが、今回の新編の底本である同題の文庫版である。

日本でまだ総合雑誌が力をもっていたころ。『文藝春秋』と『中央公論』という二大総合誌の出版社の連携プレイがこの希有な対話記録を作った。

このたびの新編は、これに吉田の島尾をめぐる一文「島尾さんとの出会い」を足して第一部としたうえ、新たに、『日本浪曼派批判序説』で知られる戦争体験世代の思想史家、批評家の橋川文三のこの対談への言及、「戦中派とその「時間」」、また思想家の吉本隆明と鶴見俊輔がそれぞれ関わりの深かった島尾敏雄、吉田満（とその死）にふれて記す文章を加えて、第二部としている。

このうち、橋川の一文は八〇年四月に、吉本の文章「戦争世代のおおきな砦」は島尾の死を受けて八六年一一月に、鶴見の文章「戦中派が戦後を生きた道」は二〇〇一年八月に書かれている。

橋川は敗戦から三五年を経過し、いま日本で起こっているのは「時間」の一元化なのではないかと言い、その多元性をとどめる抗いの手がかりを二人の対話のうちに見ている。吉本は島尾の死に際して「頼みとしてきた同年代の砦」が「破られ」、「これからは裸なのだ」と感じたと書く。鶴見は吉田の文章に「敗戦後の魂の成長」があると言い、「会ったのは三度に過ぎないが、われらの世代の最良の人という印象が心にのこっている」と書いた。

戦後、二人の対談まで三二年が過ぎている。また対談後、現在までに三七年という月日が流れている。その時間の堆積が幾重にもわたる腐葉土の層となって私たちの視界をみたす。そのように、この新編は構成されている。

はたしていま、百田尚樹の四二〇万部のベストセラー『永遠の０』を読み、六九年前の特攻、また特攻体験に関心を抱き、その題名に引かれてこの本を手に取る読者がいるとしたばあい、この本と、彼ないし彼女の距離とはどのようなものか。対話の時から現在に、この三二年と三七年の二つの懸隔をどのように橋渡しすることができるか。

あるいは、この対談の七年前、一九七〇年一一月には三島由紀夫が自裁している。その四年前、三島は死んだ特攻隊員たちが二・二六事件の青年将校たちと生霊となって降霊し戦後「人間」となった昭和天皇を糾弾する「英霊の聲」を書いている。その「英霊の聲」

から『永遠の0』まで、四〇年余りの「時間」を、特攻体験と戦後を基軸にどのように可視化することができるのか。

生年順に、島尾敏雄（一九一七〜八六）、橋川文三（一九二二〜八三）、鶴見俊輔（一九二二〜）、吉田満（一九二三〜七九）、吉本隆明（一九二四〜二〇一二）、三島由紀夫（一九二五〜七〇）。島尾と吉田の対話を第一部とし、第二部に、橋川、吉本、鶴見の関与を加えた新編にはこうした要請に応えようという明らかな意図が見てとれる。その思いを解説者も共有したい。この解説が、そのことを念頭に、若い読者を含めた年齢層の広い読者に向けて書かれることを、まずはじめに断っておきたい。

2

島尾敏雄は小説家。『出発は遂に訪れず』のような特攻体験に材をとった作品、「夢の中での日常」のようなカフカ的な短編、また『死の棘』に代表される妻の病いに寄り添う特異な作品群で知られる。晩年を鹿児島に過ごし、戦後の小説家のうちにあって主流から一歩離れた独自の地歩を占めるが、その理由は、戦争世代のなかでも特異な南洋の島における一年余に及ぶ特攻隊隊長としての戦争体験とその後に書かれた小説の強烈な落差にあった。つまり彼は特異な戦争体験のため他の戦後文学者たちと異なっていたけれども、他方特異な作品のあり方によって他の戦争体験者からも孤立していたのである。

その孤絶したあり方を通して、戦後の代表的な思想家である吉本隆明は、同時代者の中にあってこの島尾を、もっとも信頼し、自分に身近な存在と感じていた。

『死の棘』は、特攻隊隊長として過ごした奄美の加計呂麻島で村の長老の娘として出会い、結婚した妻とのその後の（作者自身の浮気をきっかけとする）凄惨な日々を一種突き放した非私小説的なナラティブのもとに綴る。それを原作とした小栗康平の映画がカンヌで審査員グランプリをとり、エリザーベト末次によるフランス語訳が二〇一二年度の小西財団日仏翻訳文学賞を受賞しているが、亡くなる数日前、私が吉本さんの病室に寄らせていただいたとき、机上に一冊だけおいてあったのがその仏語訳だった。

吉田ともう一人の代表的な戦後の哲学者である鶴見俊輔に関しても、忘れられない思い出がある。文中に出てくるように鶴見は一九七九年の晩秋、カナダの大学の客員教授としてモントリオールの地にあった。そこで私は偶然、隣りの大学の研究所の図書館員としてその授業を聴講させてもらったが、ある日、講義の途上、鶴見が新聞で吉田満の訃報を知ったと述べ、沈痛な面持ちを浮かべたまま、しばらく黒板の前で動かなかったことを覚えている。もう雪がちらついているような晩秋の午後。そのときはよくわからなかったが、それが「戦後」というものが人間の顔をして私にやってきた最初だった。

吉田は副電測士として戦艦大和の沖縄突入作戦に参加、生き残って敗戦の直後のある日、起筆し、わずか一夜で戦艦大和の激闘を漢文脈の文語体のもとに一個の戦記に描く。小林秀雄らが刊行に動いたが、完全な形で世に出るのは講和成立まで待たなければならなかった。

対話に語られているように、吉田は死地から生還後、再び特攻隊の勤務を希望している。復員後、日本銀行に入行、青森支店長、国庫局長、監査役を務め、その傍ら、大和をめぐるいくつかの忘れがたい作品を残した。一九五〇年に事故でサイダー瓶を右目に破裂させ、失明しているが、その経緯は鶴見の文が引く吉田のエッセイに詳しい。同年代の鶴見とも、微妙な考え方、姿勢の違いをめぐり、死の約一年前、七八年八月に火花の散るような対談を行っている（「『戦後』が失ったもの」）。そのころは「戦後」とともに「戦争」もまた人間として生きていた。言葉にならないものが、その言葉を生かしていたのである。

その後、私は、それぞれに別の経路で、吉本隆明と鶴見俊輔の両氏に個人的な知遇を得る幸運に浴す。吉本宅に幾度かお邪魔する一方、鶴見とも雑誌の編集委員会などでほぼ定期的に顔をあわせ、謦咳に接した。戦後の思想家、もの書きとして、とても自分には及びもつかない人間の大きさ、深さを目の当たりにし、思想を測る尺度、ものさしをもらったという思いが強いが、こうした戦争をめぐる同世代間の関わりのなかで、吉本、鶴見という戦後のもっとも力ある思想家二人が、それぞれにただならない自分の戦争体験の核心にふれる同時代人と認めた相手が、島尾であり、吉田であり、そしてその両者をつなぐ位置をなしたのが、特攻体験だったのである。

3

私から見てのこの対話の読みどころは、二人の特攻体験の受けとめ方の違いのうちにある。

島尾は二六歳という年で、四三年、大学を繰り上げ卒業の後、海軍予備学生を志願し、四四年一〇月、一八〇名ほどの部隊を率いて加計呂麻島呑之浦へ赴く。その後、約一〇ヶ月間、日々訓練を重ねながら出撃命令を待ち、とうとう四五年八月一三日夕刻、出撃命令を受けるが、待機したまま終戦となる。

吉田満は二〇歳という年に、四三年末、学徒出陣で海軍に入り、四四年末から「大和」に配属、四五年四月の沖縄特攻作戦に参加、乗組員三〇〇〇余名中生還者二七六名という、戦史にも類のない過酷な特攻海戦をくぐり、奇蹟的に生還する。

島尾と吉田を比べると、その特攻体験には、大きく色あいの違いがある。島尾は吉田よりも六歳の年長だが、違いは年齢より、その特攻体験の違い、生き方、考え方、人となりの違いからくる。

特攻体験の違いとは、島尾の特攻隊体験のなかでは結局誰ひとりの死者もでなかったのに対し、吉田の特攻体験のほうは、夥しい「死んだ仲間」にみちていたことである。そのため、島尾の体験は、なかなか言葉にならない個人的なものとなった。反面、吉田の体験は、誰にも受け入れられやすい分、逆にむしろ個人的な色あいが、受けとられにくいものとなった。

島尾は、対談で顔を合わせるまで、世評高い吉田の『戦艦大和ノ最期』を読もうとしなかった。彼は、作者は「海軍兵学校出身の少壮士官」なのではないかと考えた。兵学校出身者と一般学校をへた予備学生出身者の間には軍民の間にも重なる気風の違いがあるといわれている。「戦後すぐの頃は、そのこと〔特攻隊の体験——引用者〕を余り話したくなかったし、考えたくもなかった。たとえそうしなければならないときも、別に取り立てて口にすることではないと思っていた」。そんな島尾に、敗戦からほどないある日、一気に伝説的な戦記を書き、復員後、日銀に入行して実直に戦後日本の復興を支えてきた吉田の姿が、まぶしいような、一途すぎる存在と見えたとしても、不思議ではない。

自分の特攻隊体験など全く口にしない方がいい、と一人の自分は思っている。それなのにもう一人の自分は、求められるままにそのことを語ってきた。語ったあとはいつも甚しい空しさに襲われるのに。事柄のすさまじいおかしさにくらべて、私の言葉はまるで上調子だ。核心は衝くことができずに、饒舌な言葉のむくろを口からはき散らす。もう語るまいと思いつつ、ついしゃべってしまうことになった。一つには口をつぐむも開くも所詮たいしてちがいはあるまいという思いがあるだけでなく、その空しさの中に自分を投げ入れることによって、更に何かがわかってくるのではないか、というはかない期待があったからと思う。（「特攻隊体験」）

こう記す島尾は、特攻体験というものの深さ、わからなさ、恐ろしさを、通じるものには通じる目立たない仕方で、私たちに語り伝えている。

しかし、その島尾が、対談することになって吉田の『戦艦大和ノ最期』を読んでみたら、「全く圧倒されてしまった」。彼は続けている。この書き物を、「屹立した一箇の事件の全貌が過不足なく簡潔に描き尽された作品」と感じ、「無条件に脱帽する気持に傾いた」。「対談の直前に、相手の仕事にこのような感応の状態でもって出かけて行けたのは」「誠に幸福であった」。「それに加わるに彼の好ましい人柄も手伝って、あとあとまでも快い印象の残る対談をなし終えることができた」。

吉田は、むろん海軍兵学校出身ではない。東大法学部から学徒出陣したリベラルなエリートである。ではなぜ、そういう人間が、『戦艦大和ノ最期』のような、島尾をして圧倒的な「表現の力強さ」、「確乎とした動かし移すことのできぬ戦争絵巻」とまで言わしめる作品を一夜にして書くことになったのか。

対談のなか、対談後の感想のなか、吉田から通奏低音のように聞こえてくるのは、エリート臭の対極をなす、自分は誰とも少しも変わらない、平均的、平凡な、ふつうの人間だ、という一種激烈な声である。むしろ、島尾のような特異な文学者を前にしていわれる、私はただの人間だ、俗世界の人間だ、という声が、なぜか激しく私たちを撲つ。吉田は言う。自分にとって島尾は「遠く仰ぎ見る」存在だった。しかしそれは、特攻体験を通じて、彼を「きわめて身近な」存在のはずだと感じてきたせいだ。とはいえ、むろん島尾は純文学の世界の住人であり、特異な、例外的な人である。それに対し、

わたしは平均的な学徒兵であり、平凡な戦士であった。太平洋戦争末期に戦場にかり出された無数の青年のなかの、ごく目立たぬ一人であった。ただ、あたえられた経験が、特異だったに過ぎない。一つの時代、一つの民族を象徴する悲劇的な体験が、課せられたのである。(「近くて遠い人」)

誰もが、ぎりぎりのところで、とてつもなく大きな力になぎ倒されるとき、その平凡が、普遍さの岩盤となる、とでもいうような声が、ここには響いてくる。吉田は、心深く、どのような人間もがこういう目に遭えば、こう感じざるをえないという普遍性、動かしがたさに、自分は平凡さの自覚の底で出会った、とここで語っているかのようだ。それが、彼

に、一夜、『戦艦大和ノ最期』という記録を書かせたものなのだろう。またそれが、「彼の好ましい人柄」と「あとあとまでも快い印象」と島尾の評する、吉田の特攻体験を生かした、素直な魂の淵源ではないだろうか。

ここには収録されていないが、リベラルな知識人である鶴見との対談でも、吉田は鶴見を前に堅固に「ふつうの日本の一般市民」として抵抗している、という印象を私は受けた。それと同じく、ここ、島尾の前でも、自分は「平均的な一般人」だという徹底した自覚が吉田を非凡な存在とさせ、島尾の前に坐らせている。

4

若い人が読めば、この二人の話には、もう何が言われているのか、意味がわからない、というようなところも多いはずである。しかし、もしそういう個所にぶつかったなら、その「わからなさ」を嚙みしめることが、必要でもあれば、期待もされることである。戦争が終わり、三二年後に語られた特攻体験が、さらに三七年をへて、「わかりやすい」はずがあるものか。そうなら、「わかる」ことなんて、なんとつまらぬことか。そう私たちは言うべきだ。

島尾　（中略）しかし、戦争というのは、ほんとうに、ぼくは虚しいと思うね。そして、特攻というのも、そのような戦争の中での一つのやり方だとは思うけれども、やはりぼくは、ちょっとルールがどこかはずれているような気がするね。人間世界では戦争は仮に致しかたないとしても、せいぜいスポーツみたいなところでとどめておくべきですね。特攻は、もうとにかく、最後のところまで、なんというかね……そうじゃなくもっと気楽に……戦争を気楽にするというのもおかしなもんだけども……。最後のものまで否定してしまわないで……。

吉田　（中略）〔死ぬ確率と生きる確率のあいだには適正配分があるものだが――引用者〕……特攻というのは、そういう原則を破るものですね。だから、みんなやむを得ず、無理をしてその中をくぐりぬけるわけでしょう。（中略）

島尾　あれをくぐると歪んじゃうんですね。

吉田　歪まないとくぐれないようなところがありますね。

こうしたやりとりがあり、これに吉田が、自分たちの学徒出陣組にはこの歪みを「自分たちに課せられたものとして受け入れて、その中からなにかを引き出すほかはないというような」「追い詰められた、受け身の感じ」があった、と言うと、これに対して、島尾のこんな言葉が続く。

島尾　（中略）だから、そういう一見美しく見えるものをつくるために、やはり歪みをくぐりぬけることが必要というふうなことになると、ぼくはやはりどこか間違っているんじゃないか、という気がしますね。ほんとうはその中にいやなものが出てくるんだけれど、ああいう極限にはときには実にきれいなものも出てくるんですね。そこがちょっと怖いような気がしますね。

5

さて、私は、この本を読んだ後、百田尚樹の『永遠の0』という特攻隊の祖父の生き方を孫が探る物語を買い求め、読んでみた。

そして、この特攻隊の物語は、この本の隣に置くなら、なかなかに心を動かす、意外に強力な作品と、そう受けとめるほうがよいのではないかと感じた。

著者の百田は、「特攻を美化している」あるいは「戦争賛美」との批判に対し、インターネットのSNSで、自分はこの作品で「特攻を断固否定した」、「戦争を肯定したことは一度もない」と述べている。映画『永遠の0』の監督との対談でも、この小説のテーマは「生きるということ」と「戦争を風化させないこと」だと語り、監督もこれに原作は左右のいずれのイデオロギーにも「全然傾いていない」と同意している。また百田は、「できるだけイデオロギーを入れなかった」とも語っている（「百田尚樹×山崎貴　幸せって何だろう」朝日新聞デジタル二〇一三年一二月三〇日）。

それらを、言葉通りに受けとめるべきなのだ、と。

これに対し、この本の島尾と吉田は、多く特攻についてわかりにくいことを語っている。たとえば「一度この身につけると」「特攻というしるし」は「取れない」、と。その島尾の言葉を吉田は、大和の戦闘から生還した自分が再び特攻勤務を志願したことに重ねて、対談の後、思い出している。こうした二人の言葉を、この現代のベストセラー小説の脇に置いてみよう。

すると見えてくるのは、次のようなことである。

ここで注意をひくのは、「できるだけイデオロギーを入れない」で「生きること」と「戦争を風化させない」ことをテーマに特攻体験者の物語を書き、事実多くの人を感動させた百田が、同時に、「南京虐殺はなかった」と述べ、「憲法改正と軍隊創設」を主張するウルトラな右翼思想の持ち主でもありえている、ということである。

これまでこういうことはなかった。とすればこれは新しい現象だと受けとったほうがよい。

『永遠の0』は二〇〇六年の刊行であり、ベストセラーへの発火までに数年がかかっている。しかしこの間、著者の考えが変わったというわけではない。現に著者は、この作品を「特攻を否定」し「戦争を肯定」せず、「イデオロギーを入れ」ずに書いたと述べ、その口で、自分の個人的信条は「憲法改正と軍隊創設」で、持論は「南京虐殺はなかった」というものだと述べ、釈明を求められると、それとＮＨＫ経営委員としての考えは違うと答えているのである。

彼は、それはまた、小説の書き手としての自分の立場とも違うとつけ加えてもよかっただろう。

もはや小説の「感動」というものの質が、というよりは意味が、変わった。人は、それなりの準備をすれば、しっかりと人を感動させる小説を書くことができる。しかし、それは書き手がその感動の質につながる考え方の持ち主かどうかとは、別なのである。

ではそれはどんな準備か。

百田は、この物語を書くにあたってイデオロギーを「入れない」ように気をつけたという。その意味は、自分のイデオロギーを入れないように、ということである。彼のあり方をそのままに受けとれば彼は右翼的イデオロギーの持ち主なのだが、それを「入れ」れば人を動かすことができない、それを排したほうが人をより広く深く感動させることができる。これが彼の考え、準備である。そこで、それを「入れ」ずに、彼はこの感動的な、どちらかといえばむしろ反戦につながる物語を書いたのである。

島尾と吉田がいうのは、自分たちの特攻体験をどのように伸ばしても、イデオロギーはおろか、一つの既成の思想のかたちに収まることはない、また現に収まらなかったということだ。特攻体験はどのような思想の形をもはみ出す。これを容器に盛ろうとすれば、その容器を壊す、と。

それは、別にいえば、特攻体験のうちには、「実にきれいなもの」もあるが、その「きれいであること」のうちには「歪んだもの」があるということである。言葉を換えれば、特攻体験をそのまま受けとめる限り、そこから「感動」に結びつく物語は生まれてこない、ということである。

しかし、いまは、誰しも、特攻に関連し、また戦争の意味に関連し、賛否いずれのイデオロギーなりともたやすくある意味ではショッピングするように自在に手にすることができる。それだけではない。着脱可能といおうか、小説を書くに際し、その感動が汎用的な広がりをもつよう、そのイデオロギーをそこに「入れる」こともできれば、「入れない」でおくことすらできる。イデオロギー、思想が、いよいよそのようなものとなってきたというだけでなく、私たちがある小説に感動するとして、その「感動」もまたそのような意味で操作可能なものとなっているのである。

それが『永遠の0』が作品として語っていること、百田が小説家として私たちに語っていることではないだろうか。

私は『永遠の0』を読んだ。そしてそれが、百田の言うとおり、どちらかといえば反戦的な、感動的な物語であると思った。しかしそのことは、百田が愚劣ともいえる右翼思想の持ち主であることと両立する。何の不思議もない。いまではイデオロギーというものがそういうものであるように、感動もまた、操作可能である。感動しながら、同時に自分の「感動」をそのように、操作されうるものと受けとめる審美的なリテラシーが新しい思想の流儀として求められているのである。

私たちは、左右のイデオロギーに傾かないというよりも、どのようなイデオロギーからも自由でないこと、自分がある強固なイデオロギーの持ち主であることをこそ自覚すべきだ。特攻体験などと無縁な私たちは、いつも、「感動」しているときも、イデオロギーに染まっている。左右の「イデオロギーに傾かない」、「戦争の過去を尋ねる」、「反戦的な特攻小説に感動する」ことも、ときには立派に好戦的なイデオロギーの発現になりうる。しかも私たちを動かすものとしての感動は、他にとりかえのきかない原点的な存在である。ここに一つの困難がある。その困難と向きあうこと。それが、この本と『永遠の0』の距離なのである。

誰もがイデオロギーから自由ではない。いまでは、感動することもまたイデオロギーに染まること。――そういう時代がきた。特攻体験からも、戦後からも、等しく遠い時代。

こういうとき、島尾、吉田の対話は、私を圧倒する。「空気」を揺るがす。特攻体験ほど、イデオロギーから遠いものはない。感動から遠いものはない。ここにも違う意味ではあるけれども、「永遠の0」があるのである。

（かとうのりひろ、文芸評論家）

『特攻体験と戦後』（一九八一年、中公文庫）

増補（初出／底本）

島尾さんとの出会い（『カイエ』一九七八年十二月臨時増刊号「総特集・島尾敏雄」／『吉田満著作集 下巻』一九八六年、文藝春秋）、戦中派とその「時間」（『毎日新聞』一九八〇年四月五日夕刊／『橋川文三著作集5』一九八五年、筑摩書房）、島尾敏雄——戦争世代のおおきな砦（『静岡新聞』一九八六年十一月十五日／『追悼私記』二〇〇〇年、ちくま文庫）、吉田満——戦中派が戦後を生きた道（『潮』二〇〇一年八月号／『回想の人びと』二〇〇六年、ちくま文庫）

対談中に現在の人権意識に照らし不適切な表現がありますが、刊行時の時代背景、また著者が他界していることを考慮し、原文のまま収録しました。

中公文庫

新編《しんぺん》
特攻体験《とっこうたいけん》と戦後《せんご》

2014年7月25日　初版発行
2017年6月25日　再版発行

著　者　島《しま》尾《お》 敏《とし》雄《お》
　　　　吉《よし》 田《だ》 満《みつる》

発行者　大橋 善光

発行所　中央公論新社
〒100-8152　東京都千代田区大手町1-7-1
電話　販売 03-5299-1730　編集 03-5299-1890
URL http://www.chuko.co.jp/

DTP　平面惑星
印　刷　三晃印刷
製　本　小泉製本

Published by CHUOKORON-SHINSHA, INC.
Printed in Japan　ISBN978-4-12-205984-9 C1195

各書目の下段の数字はISBNコードです。978-4-12が省略してあります。

中公文庫既刊より

し-11-2
海辺の生と死
島尾　ミホ
記憶の奥に刻まれた奄美の暮らしや風物、幼時の思い出、特攻隊長として島にやって来た夫島尾敏雄との出会いなどを、ひたむきな眼差しで心のままに綴る。
205816-3

し-10-6
妻への祈り　島尾敏雄作品集
島尾　敏雄
梯　久美子 編
加計呂麻島での運命の出会いから、二人はどのようにして『死の棘』に至ったのか。島尾敏雄の諸作品から妻ミホの姿を浮かび上がらせる、文庫オリジナル編集。
206303-7

お-2-2
レイテ戦記（上）
大岡　昇平
太平洋戦争の天王山・レイテ島での死闘を再現し戦争と人間を鋭く追求した戦記文学の金字塔。本巻では「一第十六師団」から「十三　リモン峠」までを収録。
200132-9

お-2-3
レイテ戦記（中）
大岡　昇平
レイテ島での日米両軍の死闘を、厖大な資料を駆使し精細に活写した戦記文学の金字塔。本巻では「十四軍旗」より「二十五　第六十八旅団」までを収録。
200141-1

お-2-4
レイテ戦記（下）
大岡　昇平
レイテ島での死闘を巨視的に活写し、戦争と人間の問題を鎮魂の祈りをこめて描いた戦記文学の金字塔。地名・人名・部隊名索引付。〈解説〉菅野昭正
200152-7

ふ-18-1
旅　路
藤原　てい
戦後の超ベストセラー『流れる星は生きている』の著者が、三十年の後に、激しい試練に立ち向かって生きた人生を辿る感動の半生記。〈解説〉角田房子
201337-7

ふ-18-5
流れる星は生きている
藤原　てい
昭和二十年八月、ソ連参戦の夜、夫と引き裂かれた妻と愛児三人の壮絶なる脱出行が始まった。敗戦下の苦難に耐えて生き抜いた一人の女性の厳粛な記録。
204063-2